AF300604

Matthias Wagner

Ein Fast normaler Mord

Ein Uckermark Krimi

Impressum

Bibliografische Information der Deutschen Nationalbibliothek:
Die Deutsche Nationalbibliothek verzeichnet diese
Publikation in der Deutschen Nationalbibliografie;
detaillierte bibliografische Daten sind im Internet über
http://dnb.dnb.de abrufbar.

© 2025 Matthias Wagner

Verlag: BoD · Books on Demand GmbH, Überseering 33,
22297 Hamburg, bod@bod.de

Druck: Libri Plureos GmbH, Friedensallee 273, 22763
Hamburg

ISBN: 978-3-8192-7902-7

Vorwort

Manchmal beginnt alles mit einer harmlosen Idee. Ein Gespräch, ein Gedanke, eine Schlagzeile – und plötzlich entspinnt sich ein ganzes Netz aus Möglichkeiten. Was wäre wenn? Wie würde jemand reagieren? Und was, wenn hinter dem scheinbar Gewöhnlichen etwas viel Düstereres steckt?

So ist dieser Kriminalroman entstanden. Nicht aus echten Ereignissen, sondern aus der Faszination für das Menschliche – und das allzu Menschliche. Für das, was unter der Oberfläche brodelt. Für das, was gesagt wird, und das, was besser ungesagt bleibt.

Natürlich ist alles frei erfunden. Wirklich. Alle Zusammenhänge mit existierenden Personen, Ereignissen oder Handlungen sind rein zufällig und keinesfalls gewollt. (Ich habe keine Lust auf eine weitere Klage ;-))

Wenn du beim Lesen trotzdem das Gefühl hast: „Moment mal, das erinnert mich aber stark an…" – dann freut mich das einerseits, weil es zeigt, wie nah Fiktion und Wirklichkeit manchmal beieinanderliegen. Andererseits: Nein, es ist nicht die Person, die du meinst. Und auch nicht der Ort. Und schon gar nicht der Vorfall.

Dieser Roman ist ein Spiel. Ein Spiel mit Verdacht, Täuschung, Wahrheit und Lüge. Mit Charakteren, die Fehler machen, Entscheidungen treffen und Konsequenzen tragen. Vielleicht wirst du sie mögen, vielleicht wirst du sie verachten – vielleicht beides zugleich.

Und nun: Bühne frei für einen fast normalen Mord. Viel
Vergnügen beim Lesen.

Kapitel 1

Dreckiger Morgen

Samstagmorgen. Wendemark schlief noch – bis auf zwei.

Robert Wieland wurde nicht von einem Albtraum geweckt, nicht vom Wecker, sondern von einem feuchten Schnauzenstoß und einem unterdrückten Winseln. Otto. Diese renitente Nervensäge auf vier Pfoten war hartnäckiger als jede Exfreundin und pünktlicher als jede Funkuhr. Und wenn Otto rauswollte, war es keine Frage ob, sondern jetzt.

„Ja, jaaa... du alter Kontrollfreak."
Mit halb geöffneten Augen und einem Knurren auf den Lippen schälte sich Robert aus dem Bett, tastete barfuß nach der Jeans vom Vortag und schlurfte die knarrende Holztreppe hinunter. Auf dem Weg zur Haustür drückte er mit geübter Bewegung den Einschaltknopf des Kaffeevollautomaten. Ohne Koffein ging hier gar nichts.

Er öffnete die Tür. Otto stürmte los, als hinge sein Leben davon ab.
Robert lehnte im Rahmen und blinzelte in den

frischen Morgen. Der Garten vor dem alten
Eisenbahnerhaus wirkte verwildert, aber ehrlich.
Ein schmaler Plattenweg schlängelte sich durch
das dichte Grün. Die Farbe blätterte an den
Fensterläden, der Putz an der Wand war rissig –
aber das Haus hatte Charakter. So wie sein
Besitzer.

„Und? Wieder den Rasen nicht gemäht?“
Die Stimme kam wie ein schiefer Ton in ein sonst
ruhiges Lied. Siggi Müller. Roberts Nachbarin,
eine Art Dauerbeobachtungsstation mit
Lockenwicklern. Sie stand mal wieder am
Holzzaun und tat so, als würde sie ihre
verkümmerten Ringelblumen begutachten. Dabei
hatte sie natürlich nur ein Ziel: das Leben der
anderen kommentieren.

„Dein Köter hat gestern wieder direkt neben mein
Beet geschissen.“
Robert hob wortlos die Hand – Mittelfinger
inklusive – und schenkte ihr ein Lächeln, das
keines war. Dann ließ er sich auf die ausgetretene
Steinstufe vor der Tür sinken, zündete sich seine
erste Zigarette an und nahm einen langen Schluck
vom dampfenden Kaffee. Siggi brummelt.

Die Sonne kroch langsam über die Felder am
Dorfrand, irgendwo krähten Hähne, und Otto
schnüffelte friedlich durch den Morgentau.

Es hätte ein ganz normaler Tag werden können.
Aber das wurde er nicht.

Der Kaffee war halb leer, die Zigarette fast
runtergebrannt. Otto lag neben ihm auf den
warmen Platten, die Schnauze auf den Pfoten, die
Augen halb geschlossen. Nur die Ohren zuckten
manchmal – wahrscheinlich wegen Siggi, die auf
der anderen Seite des Zauns immer noch so tat, als
würde sie ihre Ringelblumen beim Wachsen
zusehen.

Robert lehnte sich zurück. Der Morgen hatte diese
trügerische Ruhe, wie ein See, unter dessen
Oberfläche es längst gärte.

Seine Gedanken schweiften ab. Es gab diesen
einen Fall. Der Anfang von allem, wenn er ehrlich
war.
Ein Kommunalpolitiker – offiziell parteitreu,
bodenständig, bürgernah. Inoffiziell aber ein
Spieler mit gut geölten Verbindungen.
Straßenbauunternehmer mit einer
bemerkenswerten Erfolgsquote bei städtischen
Ausschreibungen.
„Zufall", hatten sie gesagt. „Vergaberechtlich
einwandfrei."
Robert hatte das nie geglaubt.

Er hatte gegraben. Zwei Jahre lang. Dokumente,
Gespräche, Schattenkontakte. Eine Reise nach

Polen, eine Kneipe, ein verschwiegener Geschäftspartner mit Datscha an der Oder – und plötzlich ergab alles Sinn. Fördergelder, Parteifreunde, Aufträge. Ein Netzwerk, das tiefer reichte, als man glauben wollte.

Die Story schlug ein wie ein Presslufthammer. Korruption, Klüngel, ein Hauch von SED-Nostalgie – alles fein säuberlich aufbereitet, mit Quellen, Zitaten, Belegen. Ein Stück, auf das er stolz war.
Nur: Die Reaktion war seltsam verhalten.

Klar, es gab Aufsehen. Kurz. Aber keine Rücktritte, keine Verfahren, keine echten Konsequenzen. Stattdessen schien sich ein Schleier über ihn zu legen.
Man wurde vorsichtiger im Ton, aus Terminen wurden Ausreden. Anrufe klangen kälter. Man nannte es: „Zurückhaltung". Er nannte es: Beobachtung.

Und dann war da Potsdam.
Dort, wo die Strippen dicker und die Hände schmutziger waren. Er hatte Fragen gestellt, vielleicht zu früh, vielleicht zu direkt.
Aber das war eine andere Geschichte. Eine, die er noch zu Ende erzählen würde.

Robert zog an der Zigarette, spürte den Rauch in der Lunge.

„Otto, mein Junge", murmelte er. „Damals haben wir Blut geleckt. Und irgendwann kommt die nächste Sauerei."

Otto öffnete ein Auge, hob kurz den Kopf, nieste und rollte sich auf die Seite.

Dann klingelte das Telefon.

Robert zuckte zusammen. Sein Handy vibrierte auf dem Fensterbrett. Otto öffnete ein Auge.

„Wer zur Hölle ruft Samstagmorgen um diese Zeit an?"
Er stand auf, ging zurück ins Haus und ließ den Kaffeeautomat ein zweites Mal surren. Der erste Schluck hatte seine Pflicht getan, der zweite durfte schmecken.

„Nobbi", las er auf dem Display.

Norbert – genannt Nobbi – war einer der wenigen Menschen, die Robert ohne Krampf ertrug. Zauseliger Bart, unpraktische Brille, immer etwas zu viel Schwitzen für das Wetter. Adipös, aber mit einem Tempo im Kopf, das jedem Chefredakteur in Berlin Angst gemacht hätte. Ein wandelndes Archiv, ein besessener Amateur-Historiker, und einer, der Dinge sah, die anderen verborgen blieben.

Sie hatten gemeinsam viel erlebt. Nobbi war es
gewesen, der Robert auf die illegale Müllkippe bei
Schwedt gestoßen hatte – irgendwo zwischen
Wald, Niemandsland und Genehmigungschaos.
Dort, wo giftige PAK-Stoffe einfach mit
meterhohem Bauschutt bedeckt worden waren,
zum Teil auf Grundstücken, die offiziell nie als
Deponie ausgewiesen waren. Robert hatte die
Story groß aufgezogen. Es war eine ihrer besten.
Der wilde Osten, roh und schmutzig – genau ihr
Revier.

Jetzt klang Nobbi, als hätte er Atlantis gefunden.
„Wieland! Alter! Du musst SOFORT
herkommen!"
„Beruhig dich. Kaffee Nummer zwei hat noch
nicht mal durchgezogen."
„Keine Zeit für Koffein, das hier ist – Robert, hörst
du mir zu? – das ist größer als alles!
Himmelsscheibe von Nebra, verstehste? Und ich
meine nicht nur vom Gold her!"

Robert rieb sich das Gesicht.
„Die Himmelsscheibe? Du meinst diesen
Bronzeklumpen mit Sternchen drauf?"
„Hör auf mit dem ignoranten Scheiß, Wieland! Die
Scheibe ist 3.600 Jahre alt! Ein astronomisches
Instrument, Kalender, Kultobjekt – alles in einem.
Das älteste konkrete Himmelsbild der Menschheit!
Und was ich gefunden habe… das ist mindestens

so bedeutend. Wenn nicht mehr. Und ich glaube, ich bin nicht der Einzige, der das weiß…“

Seine Stimme kippte ins Flüstern.
„Ich hab letzte Nacht Leute gesehen. Fremde. Am Fundort. Und es war kein Zufall. Ich glaub, da sind Grabräuber dran. Aus Berlin. Oder Schlimmeres.“

Robert wurde schlagartig wach.
„Wo bist du?“
„Wir treffen uns bei mir in Vierraden. Nicht am Telefon. Verstanden?“
Die Verbindung brach ab.

Robert starrte einen Moment auf das dunkle Display. Dann zuckte er mit den Schultern. Wenn Nobbi sich so aufregte, war meist was dran. Aber alles zu seiner Zeit.

Er schlürfte in Ruhe den zweiten Kaffee, rauchte die nächste Zigarette, starrte eine Weile in den Garten, wo Otto tief und fest schlief, als würde es nichts Schöneres geben. Die Sonne kletterte träge über die Dächer, als wäre sie selbst noch nicht ganz wach.

Er stellte die leere Tasse in die Spüle, kratzte sich am Kinn und begann, nach den Autoschlüsseln zu suchen.
Nicht auf dem Haken. Nicht im Flur. Nicht in der Jackentasche.

„Verdammt.“
Nach kurzem Fluchen fand er sie schließlich im
Kühlschrank, neben dem angebrochenen Glas
Gewürzgurken.

Mit den Schlüsseln in der Hand trat er hinaus in
den Hof.
Dort stand er, sein alter Schwede: ein silbergrauer
Volvo V70, über 400.000 Kilometer auf dem
Tacho. Die meisten davon auf den räudigen
Straßen der Uckermark.
Robert war überzeugt, dass jeder, der hier für
Straßenbau zuständig war, heimlich Anteile an
Fahrwerksherstellern hielt.

Er klopfte dem Wagen liebevoll aufs Dach.
„Na, mein Alter. Noch ein Abenteuer?“
Otto sprang auf den Rücksitz, bereit für den
nächsten Wahnsinn.

Kapitel 2

Zwischenstopp

Der Volvo ächzte über das Pflaster, als wolle er bei jedem Schlagloch kapitulieren.
Am Bahnhof von Passow bog Robert nach links.
Zur Linken lagen die Ruinen – verblichene Lagerhallen, eingestürzte Dächer, abblätternder Putz. Orte, die Kinder magisch anzogen und Erwachsene vergaßen. Zur Rechten das Welsetal, weit und offen, nur gestört durch das Band der B166, das sich durch die Landschaft schnitt.

In Passow hielt er am Konsum – klein, urig, voller Duft von Brot, Wurst und ein bisschen Ostalgie. Ein Laden, wie es ihn nur noch selten gab. Herz des Dorfes. Ort der Versorgung und des Klatsches. Neben Dauerwurst lag Marmelade, neben Katzenfutter Mettenden aus Westfalen.

Robert nahm Zigaretten und Leckerli für Otto. An der hölzernen Kasse stand Irmgard, wachsam wie immer.
„Na, Herr Wieland. Auch mal wieder unter Menschen?"
„Nur zum Nachschub holen."
Sein Blick wanderte zur Zeitungsauslage. Obenauf – seine alte Zeitung.

Schmierengazette, dachte er und nahm sie
trotzdem in die Hand.

Er schwang sich wieder in den Volvo. Otto
begrüßte ihn stürmisch.
Sie fuhren durch das gepflegte Passow, dann auf
die B166.
Vorbei an der Kiefernmonokultur, die man hier
Wald nannte.
Dann tat sich zur Linken ein grauer Koloss auf.
Die Raffinerie. PCK – Petrochemisches Kombinat
Schwedt.
Ein Erbe der Sechziger. Ein Produkt des SED-
Plans, hier Wohlstand und Arbeitsplätze zu
schaffen – mit Pipeline, Lärm und Dämpfen. Die
meisten Schwedter verdankten der Anlage ihre
Existenz. Manche auch ihre Krankheiten.

Man konnte sie riechen, bevor man sie sah.
Der süßlich-faule Geruch von Schwefel und
Lösungsmitteln lag schwer in der Luft. Wie ein
Vorhang, der über die Region gezogen war.
Robert verzog das Gesicht.
„Na ja", murmelte er, „irgendeinen Grund muss es
ja für die hohe Krebsrate geben."

Immer an der Raffinerie entlang – ein grauer
Stahlkoloss, der wie eine künstliche Stadt aus
Rohren, Tanks und Schornsteinen in der

Landschaft lag. Links Industrie, rechts Kiefern.
Alles streng geordnet, alles funktional.

Robert fuhr weiter Richtung Schwedt, setzte den
Blinker links, noch bevor sich die ersten Ausläufer
der Stadt in Sichtweite drängten. Er nahm die
Abzweigung, die ihn davor bewahrte, tiefer in den
grauen Mief des alten sozialistischen Städtebaus
einzutauchen.

Die Reste der einstigen Vorzeigestadt präsentierten
sich auch aus der Entfernung deutlich genug:
Plattenbauten, flach gedrückte Kulturzentren,
weggesparte Spielplätze. Wohnraum für alle, nur
nicht fürs Herz.
Wer konnte, hatte schon zu DDR-Zeiten das Dorf
vorgezogen. Es war mühsamer, ja – aber
wenigstens schöner.

Zur Linken glitt eine eingezäunte Brache vorbei,
mit halb eingestürzten Dächern und einem rostigen
Hinweisschild, das mehr verbarg als erklärte.
Die Reste des NVA-Knasts von Schwedt.
Früher hatte es geheißen: „Wenn du nicht spurst,
kommst du nach Schwedt."
Eine Warnung, die Soldaten, linientreue Lehrer
und regimekritische Jugendliche gleichermaßen
verstanden.

Robert, Westgeborener mit Wendehintergrund,
hatte das damals nur aus Reportagen gekannt. Aber

er wusste: Die Symbolik war geblieben.
Heute sagte man es anders, meinte aber Ähnliches.
Ein unbequemer Polizist, ein aufmüpfiger
Journalist?
„Ab nach Schwedt", hieß es hinter vorgehaltener
Hand.
Nicht mehr mit Uniform und Disziplinarstrafen,
sondern mit Schweigen, Versetzung,
Karrierebruch.
Ironischerweise war in einem Flügel des alten
Knasts heute das Obdachlosenheim der Stadt
untergebracht.
Eine gewisse Symbolik hatte das schon.

Otto schnaufte leise auf dem Rücksitz.
Robert nahm die nächste Abzweigung, hinaus aus
der Vergangenheit, hinein ins nächste Kapitel.
Vierraden lag hinter den Feldern. Und irgendwo
dort wartete Nobbi – mit seinem „Fund des
Jahrhunderts" und vielleicht mehr Fragen als
Antworten.

Otto schnaufte erneut als hätte er seine Gedanken
verstanden. Robert trat das Gas durch.
Vierraden wartete.

Kapitel 3

Vierraden

Vierraden. Ein ehemaliges Tabakdorf mit
Geschichte, Charme – und genug Verfall, um
Romantiker und Realisten gleichermaßen zu
beschäftigen.
Für Robert war es vor allem eines: sympathisch.
Schon wegen der Vergangenheit. Ein Ort, der einst
vom Rauchen lebte, konnte für einen wie ihn kein
schlechter sein.

Er mochte die Stille hier. Den leichten Duft nach
Holz und Land, der über den Gärten hing. Die
alten Bauernhöfe mit ihren ausgeblichenen
Giebeln. Die schmalen Wege, auf denen höchstens
mal ein Traktor oder ein kläffender Dorfköter
auftauchte.

Und: Hier lebte einer der wenigen Menschen, die
er Freund nannte.
Nobbi. Zausel, Querkopf, Goldstück.
Ein Relikt aus einer Zeit, in der man gemeinsam
Dinge aufdeckte, nicht nur googelte. Die meisten
Menschen, denen Robert in Brandenburg begegnet
war, hatten irgendetwas Gemeinsames: Missgunst,
Kleinmut, ein tiefsitzender Neid auf alles, was sich

bewegte oder nicht bücken wollte. Nobbi war anders.

Der Volvo holperte über den ungepflasterten Weg, Staub wirbelte auf. Otto sprang am Rückfenster auf und ab, als hätte er geahnt, dass es gleich wieder Wurst geben würde.
Robert bog auf den Hof. Alte Stallmauern, ein verbogener Maschendrahtzaun, ein paar rostige Gerätschaften, die zwischen Apokalypse und Nostalgie schwankten.

Der Ausblick, typisch Vierraden: Weite, Felder – und direkt dahinter eine der vielen Müllkippen, die das Schwedter Umland wie schlecht verheilte Narben durchzogen.
Manchmal legal. Oft halblegal. Und nicht selten hochgradig giftig.
Müll war hier wie das Wetter: immer da, selten harmlos, nie unter Kontrolle.

Nobbi stürmte aus der Tür, noch bevor Robert richtig zum Stehen kam.
Die Haare wirr, das Hemd offen, die Stimme mindestens zwei Oktaven zu hoch.
„Robert! Alter! Du glaubst nicht, was ich gefunden hab – ich sag dir, das ist... das ist... das ist wie Weihnachten und Urknall zusammen!“

Robert hob die Hand wie ein Verkehrspolizist.
„Moment. Ohne Kaffee und einen Aschenbecher
geht hier gar nichts."

Wenige Minuten später saßen beide auf einem
Stapel gespaltenem Holz hinter dem Schuppen.
Die Sonne wärmte ihnen den Rücken. Otto döste
zufrieden daneben, eine Pfote auf seiner Beute –
der angebissenen Leckerli-Tüte.

Nobbi, immer noch aufgekratzt, begann zu
erzählen.
„Ich war neulich draußen – bei Blumenhagen. In
dem Birkenwäldchen. Ich wollte meine neue
Sonde testen. Geschenk von meiner Schwester.
Zum Geburtstag. Teuer, aber geil. Also – ich da
am Piepen, nix, piep, nix, piep – und dann
BAMM! Bronzewerkzeuge! Einfach so. Im Boden.
Irgendwo mitten im Nirgendwo!"

Robert hob eine Braue. „Hier? In der Gegend?"

„Genau. Das ließ mir keine Ruhe. Ich hab
Satellitenbilder durchgeschaut. Zuerst nichts. Aber
irgendwann hab ich's gesehen – da sind Hügel.
Nicht viele. Und nicht hoch. Aber sie passen nicht
zur Landschaft. Und sie sind regelmäßig."

Robert nippte an seinem Kaffee. Stark, schwarz,
wie er sein musste.
„Und? Was sagt der Hobbyarchäologe?"

„Ich sag: Grabhügel. Und zwar uralt. Vergessene, verwischte, überackerte. Aber noch da. Und niemand weiß davon.“

Robert ließ den Blick schweifen.
Die Landschaft lag da wie ein nackter Frauenkörper – auf dem Rücken, entspannt, einladend.
„Diese Hügel haben mich damals hergezogen. Wie eine Versprechung.“

Nobbi grinste breit.
„Und jetzt graben wir sie aus.“

„Moment mal“, sagte Robert und blies den Rauch aus der Nase, „Ausgraben? Morgens? Anstrengung? Meinst du das ernst? Ich hab studiert, mein Freund. Ich grabe Geschichten aus, keine Löcher im märkischen Sand. Besonders nicht in diesem verdammten Brandenburger Sand, der dir sofort die Schuhe frisst, den Wagen festsetzt und den Rest des Tages in jede Falte deines Körpers kriecht.“

Nobbi lachte, als hätte Robert einen Witz gemacht. „Du bist einfach zu verwöhnt, Wieland. Der Sand ist doch Kulturträger!“

„Er ist Träger von allem – außer Feuchtigkeit und Nerven.“

Robert klopfte seine Zigarette aus, stand auf und streckte sich. Otto gähnte demonstrativ.

Nobbi ließ sich davon nicht beirren. Im Gegenteil. Die Gelegenheit war günstig, und wie immer, wenn er ins Dozieren kam, verwandelte sich seine Stimme in eine Mischung aus Volkshochschule und Radiodoku.
„Wusstest du eigentlich, dass entlang der Welse schon vor über tausend Jahren slawische Siedlungen lagen? Die haben sich hier niedergelassen, weil das Wasserzugang und fruchtbaren Boden bedeutete – also fruchtbar für märkische Verhältnisse natürlich. Und ihre Grabhügel waren oft—"

Robert stöhnte hörbar, rieb sich das Gesicht und stand wortlos auf.
„Ich geh telefonieren", murmelte er und verschwand um die Hausecke. Er hatte das alles schon hundertmal gehört. Und sein Interesse an der Frühgeschichte der Nordost-Uckermark war – höflich ausgedrückt – nicht vorhanden.

Aber er hatte eine Idee.
Stefan.

Wenn einer fürs Buddeln taugte, dann Stefan. Laut, groß, stämmig. Ein Mann, der beim Sitzen noch Platz beanspruchte. Immer ein bisschen untersetzt, immer ein bisschen zu direkt.

Aber ehrlich. Und gerade.
Robert mochte das.

Stefan war einer, der dir ins Gesicht sagte, wenn
du Blödsinn redetest – und sich später trotzdem
mit dir in den Dreck stellte, wenn's drauf ankam.
Natürlich hatte Stefan auch die subtile Gabe, selbst
harmlose Bemerkungen wie verbale Faustschläge
wirken zu lassen. Nicht, dass er damit Unrecht
hätte – aber seine Art ließ sich für viele nur schwer
verdauen.

Vielleicht war es genau das gewesen, was Robert
so sehr an ihm schätzte.
Unverstellt. Keine Maske. Kein Lächeln, das ein
Messer verbarg.

Robert zückte das Handy.
„Mal sehen, ob der Grabräubergehilfe Zeit hat...“

Kapitel 4

Versprechen im Sand

Der Anruf bei Stefan lief genauso, wie Robert es gehofft – und ein kleines bisschen geplant – hatte. Mit subtiler Überredungskunst, garniert mit einer Prise männlichem Pflichtgefühl und einer ordentlichen Portion Grillromantik, ließ sich Stefan zur Hilfe am Spaten überreden.

Nicht ganz uneigennützig.
Robert hatte am Telefon vollmundig verkündet, es gäbe Bier. Und viel totes Tier vom Grill. Natürlich bei Nobbi, der davon zu diesem Zeitpunkt noch nichts wusste – aber das war ein Problem für später.

Diese Aussicht verfehlte ihre Wirkung nicht.
Stefan war dabei.
„Sonnenuntergang. Feldweg Blumenhagen. Bring Handschuhe mit. Und Humor", hatte Robert gesagt.

Der Feldweg war natürlich eher eine Sandpiste – die Art von Weg, bei der selbst ein Volvo ins Schwitzen kam und sich Stadtmenschen fragten, ob sie noch in Deutschland waren oder schon in einem osteuropäischen Grenzgebiet.

Den Rest des Tages verbrachten Robert und Nobbi damit, den Volvo zu beladen.

Schaufeln, Spaten, klapprige Klappstühle, eine große Plane, mehrere Taschenlampen, einen alten Feldklappspaten aus NVA-Zeiten („Falls was zu hacken ist") und, natürlich, das wichtigste Gerät überhaupt: eine Bialetti-Kanne.

Robert bestand außerdem auf dem Gaskocher. „Ohne Kaffee bin ich nicht zu gebrauchen. Besonders nicht nachts. Besonders nicht in Sand."

Otto beobachtete das hektische Treiben vom Hof aus mit der Gelassenheit eines Buddhas. Er wusste, dass am Ende des Tages sowieso irgendwas vom Grill für ihn abfiel. Und wenn nicht: Nobbi hatte immer Käse im Haus.

Als sie schließlich alles verstaut hatten, ließ sich Robert auf die Heckklappe sinken, zündete sich eine Zigarette an und seufzte.

„Was tut man nicht alles für die Wissenschaft."

Nobbi nickte.
„Oder für Grillfleisch und eine gute Geschichte."

Es war später Nachmittag, als sie sich auf den Weg nach Blumenhagen machten. Otto, der in seiner Grundverfassung irgendwo zwischen gemütlich und faul pendelte, sollte noch ein wenig Bewegung bekommen, bevor die Nacht kam.

Sie fuhren zunächst am eigentlichen Ziel vorbei, den Feldweg Richtung Birkenhain links liegen lassend, und steuerten stattdessen die Müllerberge an – eine kleine, aber markante Anhöhe über dem Welsetal. Robert kam oft hierher, wenn er denken oder einfach nur gucken wollte.

Von dort oben bot sich ein Ausblick, der selbst ihm jedes Mal den Atem nahm.
Zur Rechten das Tal, weich und grün, durchzogen vom silbernen Band der Welse. Zur Linken die Industrie: PCK mit seinen Schornsteinen, Dampf und Schwefeldunst. Dahinter die alte Papierfabrik, Schwedt mit seinen platten Träumen und den Resten vergangener Größenwahnfantasien.

An kaum einem anderen Ort lagen Wildnis und Wirtschaft, Schönheit und Sünde so nah beieinander.
Freud und Leid in einem Panorama.
Die ganze Region trug noch immer die Narben der sozialistischen Fortschrittsideologie. Und die Erde darunter war nicht selten vergiftet – vom Denken wie vom Dreck.

Otto hatte inzwischen die Nase tief im Boden vergraben und verfolgte mit gespitzten Ohren eine Fährte.

Robert und Nobbi saßen am Hang, schwiegen.
Sie genossen den Moment. Die Sonne stand tief,
warf lange Schatten über das Land.

Dann kam Otto zurück – freudestrahlend,
schwanzwedelnd, mit einem halbverwesten
Schweinekadaver im Maul.

Robert stöhnte.
„Was zur… Otto! Lass das sofort fallen!“

Otto dachte gar nicht daran. Er trottete zufrieden
mit seiner Beute zu ihnen hinauf. Das Ding war
übel zugerichtet, schleimig, stinkend und eindeutig
zu frisch, um ein altes Aas zu sein – und zu
zerfetzt, um noch aus einem Schlachthof zu
stammen.

Beide starrten das Vieh an.
Robert fluchte.
„Hat der Zaun ein Loch?“

Gemeint war der ASP-Zaun – jener Schutzwall aus
Draht und Ideologie, der das Einwandern kranker
Wildschweine aus Polen verhindern sollte.
Eigentlich lückenlos. Theoretisch.

Nobbi lachte trocken.
„Früher hatten wir das mit Zäunen und Mauern
irgendwie besser drauf.“

Robert schnaubte, während er versuchte, Otto das halbverwesende Stück Wildschwein abzunehmen. „Und wieder schaffen es die Freunde aus dem Osten, ihn zu überwinden… gib's her, du dämlicher Köter!"

Otto wich aus, ließ sich dann aber mit einem Leckerli überzeugen – ganz Labrador, ganz Bestechung.

Robert warf das Stück weit den Hang hinunter. „Na das fängt ja gut an."

Gegen 20:00 Uhr begann die Sonne sich langsam Richtung Horizont zu senken. Das Licht wurde weicher, wärmer – der Himmel über der Uckermark färbte sich in Nuancen von Orange und Grau, als sie wieder losfuhren.

Sie rollten durch das verschlafene Blumenhagen, zurück in Richtung Feldweg.
Der Abzweig lag unweit der Crossstrecke – aber so gut versteckt, dass man ihn von der Straße kaum wahrnahm. Nur ein verwittertes Schild, halb zugewachsen, deutete darauf hin, dass es hier weiterging. Tiefer hinein.
In Geschichte. In Geheimnisse. Vielleicht auch in Ärger.

Der Volvo ächzte über den Sandweg, sprang in den Fahrspuren wie ein Schiff in schwerer See.

Am Birkenhain hielten sie an. Alles still. Keine Menschenseele. Nur das leichte Rauschen der Blätter im Abendwind und das gelegentliche Knacken irgendwo im Unterholz.

Sie begannen, den Wagen zu entladen. Taschenlampen, Spaten, Klappstühle, Plane, Kaffeekanne, Kocher, eine Dose Mückenspray und ein klappriger Falt-Tisch.

Kaum hatte Robert den ersten Spaten aus dem Kofferraum gezogen, war Nobbi schon mit dem Detektor losgestapft.
Er schwang das Gerät vor sich her wie ein Schamane beim Regenritual und begann, kleine gelbe Fähnchen in den Boden zu stecken – scheinbar wahllos, zwischen die Birken, in regelmäßigen Abständen.

Robert blickte ihm hinterher und runzelte die Stirn. „Sag mal, was soll das da?"

Nobbi drehte sich grinsend um.
„Da müsst ihr buddeln", sagte er mit einer Spur Häme in der Stimme.

„Ihr?" Robert stemmte die Hände in die Hüften. „Warum eigentlich wir? Du hast doch ne Grabungserlaubnis vom Land, oder nicht?"

Nobbi winkte ab.
„Erklär ich dir später."

Robert seufzte.
„Das sagst du dauernd."

Da knirschte es auf dem Weg.
Ein Geländewagen bog ein – und Stefan stieg aus.
Groß, breit, in Tarnjacke, mit einem Sixpack Bier
unterm Arm und einem Grillrost im anderen.

„So. Wo ist das Vieh und wo ist der Rost?" fragte
er gut gelaunt.
Dann blickte er sich um – Grill? Fehlanzeige.
Bier? Nur sein eigenes. Stattdessen: Spaten,
Fähnchen, Mückenspray.

Er drehte sich zu Robert.
„Sag mal – was soll der Scheiß?"

Robert zuckte mit den Schultern.
„Erklär ich dir später."

Kapitel 5

Nachtarbeit

Es war dunkel wie im Bärenarsch.
Nur die schwachen Lichtkegel ihrer Stirn- und
Taschenlampen zerrissen punktuell das Schwarz,
tasteten sich über Wurzeln, Gruben und die
schmale Lichtung zwischen den Birken. Der Sand
dämpfte jedes Geräusch. Die Nacht atmete still,
schwer und irgendwie feindlich.

Otto hatte sich längst hingelegt – mitten auf einem
der unzähligen Erdhaufen, die sich um sie herum
auftürmten wie kleine Gräber.
Dank seines Leuchthalsbandes war er gut sichtbar
– ein träger blinkender Punkt in der Dunkelheit.
Anfangs hatte er noch begeistert mitgebuddelt.
Leider nicht dort, wo man ihn gebraucht hätte,
sondern an der Stelle, die aus seiner Sicht am
besten nach altem Wild gerochen hatte.

Robert schnaubte. „Arbeitest du eigentlich gegen
uns?"
Otto antwortete nicht. Er grunzte nur zufrieden im
Schlaf.

Sie waren seit Stunden dabei. Spaten rein, Spaten
raus. Erde schichten, Haufen bilden. Immer wieder

piepte der Detektor, immer wieder bückte sich
jemand, hoffte auf Geschichte – und fand
stattdessen: Kriegsmüll.

Sie hatten Helme gefunden. Alte, verrostete
Stahlhelme, zerbeult und schwer.
Ein paar Erkennungsmarken – verbogen, aber
lesbar.
Patronenhülsen, Granatsplitter, sogar zwei noch
intakte Sprengkörper, die Stefan mit geübtem Griff
beiseitelegte.
„Nicht bewegen. Nicht anfassen. Morgen ruft ihr
den Kampfmittelräumdienst."

Dazwischen: Knöpfe, Gürtelschnallen,
Blechschrott, altes Werkzeug, verrottete
Uniformreste.
Ein Acker der Erinnerung – aber keine Spur von
dem, was Nobbi angekündigt hatte. Keine Bronze,
kein Gold, keine Sensation.

Die Stimmung begann zu kippen.
Nicht laut, nicht plötzlich – aber schleichend.
Der Kaffee war längst lauwarm, die Tassen
klebrig.
Es gab kein Bier – außer Stefans Sixpack, das der
längst allein geleert hatte.
Und es gab nichts zu essen.

Robert saß auf einem Klappstuhl, Zigarette im
Mundwinkel, den Spaten zwischen den Knien.

„Sag mal, Nobbi… wie lang genau geht deine
Definition von gleich kommt was?"

Nobbi antwortete nicht sofort. Er stand ein paar
Meter weiter, starrte in die Dunkelheit, die Stirn in
Falten gelegt, als hörte er etwas, was sonst keiner
hörte.

Nobbi war längst weitergezogen.
Im Kegel seiner Stirnlampe bewegte er sich jetzt
über einen kaum erkennbaren Hügel, der im
schwachen Licht wie ein aufgeworfener
Maulwurfshaufen wirkte – unscheinbar, aber
irgendwie... anders. Die Birken standen dichter
hier, der Boden fester, der Wind stiller.

Robert registrierte das nur am Rande.
Sein Rücken schmerzte, seine Laune war irgendwo
zwischen Zynismus und körperlicher
Selbstaufgabe.

Stefan hingegen verlor endgültig die Geduld.
Er war in der festen Erwartung eines grillierten
Großtieres hergekommen – nicht, um stundenlang
in märkischem Sand rumzustochern.

„So. Es reicht. Ich fahr zur Shell, was zu essen
holen. Wenn ich hier schon als Hilfsarbeiter
missbraucht werde, dann wenigstens mit belegtem
Brötchen im Magen."

Ohne eine Antwort abzuwarten, stapfte er zum Auto, riss die Tür auf und knallte sie hinter sich zu.
Der Volvo sprang an, schob sich ruckelnd durch das Gehölz, dann waren nur noch Rücklichter zu sehen – und Staub im Licht der Stirnlampen.

Robert sah ihm hinterher und seufzte.
„Hinfahrt. Suchen. Quatschen. Zahlen. Rückfahrt... mindestens eine Stunde. In der ich allein schuften darf, wenn du wieder Atlantis, eine Inkastadt oder was auch immer du hier suchst, gefunden zu haben glaubst", rief er Nobbi zu.

Keine Reaktion.

Dann – plötzlich – wurde Nobbi hektisch.
Seine Lampe zuckte wild über den Boden, er schrie laut auf, fast schon euphorisch.
„ROBERT! KOMM HER! SCHNELL! SCHNELL! ICH... ICH HAB WAS!"

Robert fuhr zusammen. Otto sprang auf, die Ohren steil, und rannte los.
Robert fluchte, warf seine Kippe weg und folgte dem Hund den kleinen Hügel hinauf.

Nobbi stand dort und... buddelte selbst.
Mit bloßen Händen. Knie im Sand. Schweiß auf der Stirn.
So viel Bewegung hatte Robert bei ihm das letzte

Mal gesehen, als es beim Bäcker zwei Käsekuchen zum Preis von einem gab.

„Was ist los?" rief er, kam keuchend an, Spaten in der Hand.
„Da ist... was! Metall! Aber... anders! Hier, fühl mal!"

Robert kniete sich hin, Otto schnüffelte aufgeregt.
Der Boden war fest, aber Nobbi hatte bereits etwas freigelegt – glatt, kühl, grünlich schimmernd. Kein rostiger Helm, kein Granatrest.
Etwas anderes. Etwas, das sie noch nicht gesehen hatten.

Sie gruben. Vorsichtig, aber schnell.
Das Objekt im Boden schimmerte mattgrün und wirkte nicht wie Schrott – zu glatt, zu gleichmäßig, zu fremd.
Robert hatte das mulmige Gefühl, dass sie hier gerade etwas auspackten, das besser in ein Museum als in ihre staubige Klappkiste gehörte.

Dann: Licht.

Am Rand des Birkenhains flackerte ein Schein auf. Scheinwerfer. Ein Wagen bog auf den Sandweg ein.
Robert hielt inne, hob den Kopf.

„Na super... Hat er's gemerkt? Hat er gemerkt,
dass er MEIN Auto genommen hat und kommt
jetzt tauschen? Oder will er Geld von uns, weil er
uns großzügig mitversorgt?"

Doch als das Auto näherkam, runzelte er die Stirn.
„Das klingt nicht nach meinem Volvo..."

Es war kein knurrender Diesel.
Kein alter Schwede mit 400.000 auf der Uhr.
Es war ein V8.
Groß. Tief. Bedrohlich.
Der Sound rollte über die Lichtung wie Donner –
satt, wütend, absichtlich laut.

Der Wagen hielt.
Ein dunkler SUV, vermutlich amerikanisch.
Scheiben schwarz, Felgen wuchtig, Motor noch
immer im Standgas grollend.

Dann öffnete sich die erste Tür.
Das Licht aus dem Innenraum flackerte auf – kurz,
grell.
Darin: vier Männer.

Alle schwarz gekleidet.
Dunkle Haare. Dichte Bärte. Keine kleinen Kerle.
Breit gebaut, die Art von Statur, bei der man
vermutete, dass Anabolika irgendwo zwischen
Frühstück und Abendbrot liegt.

Kapuzen, schwere Stiefel, Lederhandschuhe.
Kein Wort. Kein Lächeln.

Robert starrte.
Nobbi war bleich geworden.
Otto knurrte leise.

„Sag mal...", flüsterte Robert.
„Kennst du die?"

Einer der Typen löste sich vom Trupp und
schlenderte hinüber zu Stefans Pickup, der
verlassen am Rand des Waldstücks stand.
Robert beobachtete ihn aus dem Schatten.
Kein Zögern, kein Umsehen. Nur ein kurzer Blick,
dann zückte der Kerl ein Messer – lang, schnell,
routiniert. Zack. Zack. Zack. Zack.
Alle vier Reifen platt. Kein Wort.

Robert zog die Brauen hoch.
„Tja, mein Freund. Hättest du mal nicht meinen
Volvo genommen…", dachte er und konnte sich
ein winziges bisschen Schadenfreude nicht
verkneifen. Die verflog allerdings schlagartig, als
sich plötzlich vier ultrahelle Lichtkegel durch das
Unterholz bohrten.

Sie tasteten sich wie Speere durch die Dunkelheit –
und blieben zielsicher auf Otto stehen.

Sein Leuchthalsband blinkte treudoof in die Nacht. Nicht zu übersehen.

Nicht zu überhören, als jetzt lautes Geschrei durch das Gehölz schallte – eine Sprache, die Robert nicht zuordnen konnte. Harter Ton, schnelles Tempo, keine Freundlichkeit.

Dann: Bewegung.
Die Männer stürmten los.
Stiefel auf Sand, Äste knackten, Licht flackerte.
Sie kamen direkt auf ihn zu.

Robert riss die Stirnlampe ab, ging einen Schritt zurück –
aber Otto blieb.
Der sonst eher gemütliche Hund hatte sich vor ihn gestellt, das Fell gesträubt, das Knurren tief und ernst. Kein Spiel, kein Bluff. Otto bellte, fletschte die Zähne, als würde er begreifen, was hier gerade los war.

Robert erstarrte.
Vor ihm: vier bewaffnete Männer. Dunkle Jacken, schwarze Hosen, taktische Weste. Einer hatte eine Pistole, einer eine kurze Schrotflinte über der Schulter. Alle trugen Handschuhe.

„Wo ist es?!"
Die Stimme war rau, der Akzent schwer.
„Wo. Ist. Es."

Robert hob die Hände leicht.
„Was meinen Sie...?“

„Nicht spielen!“, bellte der Nächste.
„Das Teil. Der Fund. Wo?“

Robert wollte gerade etwas sagen, irgendetwas,
das wie Zeitgewinn klang, als er sich umdrehte.
„Nobbi...?“, rief er in die Dunkelheit.

Keine Antwort.

Er blinzelte.
Das Loch – das, das sie freigelegt hatten – war
leer.
Und Nobbi war verschwunden.

Robert starrte in die Leere, die eben noch ein Grab,
ein Schatz, ein Streitpunkt gewesen war. Jetzt war
da nur noch Sand. Flach gedrückter Sand.
Kein Artefakt. Kein Nobbi. Kein Ton.

Er blinzelte wieder, als hätte sich die Nacht einen
Scherz erlaubt.

Dann brach es aus ihm heraus –
eine Fluchsalve, wie sie selbst in Brandenburg
selten zu hören war.
Kurz, heftig, dreckig.

„Dieser... elende... Hobbit!“, keuchte Robert. „Otto, du bist der Einzige, auf den man sich hier noch verlassen kann.“

Otto bellte zustimmend.

Kapitel 6

Katerlicht

Die Sonne brannte ihm direkt ins Gesicht.
Robert blinzelte. Dann stöhnte er.
Sein Schädel pochte, als hätte ein russisches
Bergarbeiterorchester darin eine Nachtschicht
hingelegt. Der Rücken? Ein einziger Schmerz.
Seine Knie? Fremdkörper. Und sein Mund
schmeckte, als hätte ihn jemand mit Sand
ausgekleidet und anschließend vergessen, Wasser
nachzureichen.

Langsam setzte er sich auf. Das Bett knarzte, sein
Körper protestierte.
Er brauchte eine Weile, bis er realisierte:
Er war zuhause.

Und irgendetwas war anders.

Kein schnaufender Labrador neben ihm, kein
feuchter Gruß auf dem Kissen. Otto war weg.
Dafür: Kaffeeduft. Und... Moment – war das
Speck?
Und Eier?
In seinem Haus?

Robert schwang die Beine aus dem Bett, was sein
Rücken mit einem gepressten Fluch quittierte, und

tastete sich langsam die Treppe hinunter.
Bei jedem Schritt pochte es im Kopf.

Unten: Licht.
Und: Geräusche aus der Küche.
Aber nicht das Chaos, das er sonst kannte – nein.
Ordentliches Geklapper. Pfannengeräusche. Und...
war das Otto, der draußen bellte?

Robert trat vorsichtig durch den Flur. Die Haustür
stand offen. Die Sonne war hell, der Garten grün,
und mitten auf der Wiese: Stefan.
In Tarnhose, mit Otto, der wie ein überdrehtes
Kalb im Kreis rannte.

„Was zum...?"
Robert rieb sich die Stirn und lehnte im
Türrahmen.
„Was für ein Tag ist heute überhaupt?"

Stefan grinste, ohne sich umzudrehen.
„Sonntag. Du lebst noch. Glückwunsch."

Robert kniff die Augen zusammen.
„Sag mal... hatte ich nur einen richtig beschissenen
Traum oder waren wir gestern Nacht mit Nobbi
auf Indiana-Jones-Tour?"

Stefan drehte sich langsam um.
In der Hand ein Ball. Auf dem Gesicht ein Blick,
der alles und nichts verriet.

„Kommt drauf an, wie viel du noch weißt.“

Stefan warf den Ball ein letztes Mal, Otto sprang, wie ein junger Hund hinterher – obwohl sein Leuchtband vom Vorabend noch halb an einem Ast baumelte.
Dann wandte sich Stefan langsam zu Robert, der sich mit einem dampfenden Becher Kaffee auf den Gartenstuhl sinken ließ.

„Also“, begann Stefan, „als ich von der Tanke zurückkam, stand da plötzlich so’n riesiger Ami-SUV am Birkenhain. Licht aus, Motor noch warm. Und dann hab ich’s auch schon gehört – lautes Gebrüll. Irgendeine Sprache, die ich nur aus osteuropäischen Schlägerdokus kenne.“

Robert rieb sich die Schläfen.
„Und dann?“

„Dann hab ich euch gesehen und Otto gehört. Oder sagen wir – dich. Du warst da unten in der Grube und zwei von den Typen – groß wie Kleiderschränke mit Bart – waren gerade dabei, dir die Inneneinrichtung umzubauen. Einer hatte dich am Kragen, der andere hat dir versucht zu erklären, was Schmerz bedeutet.“

Robert verzog das Gesicht.
„Erklärt haben sie’s ziemlich gut.“

„Tja. Ich stand da mit den zwei Granaten, die wir beiseitegelegt hatten,... weißt du noch? Und hab einfach mal lautstark angeboten, sie zu werfen.“

Robert blinzelte.
„Du hast was?!“

„Gedroht“, sagte Stefan gelassen. „Erst wurden sie richtig sauer. Dann haben sie kapiert, dass ich es ernst meine. Dann sind sie fluchend abgezogen. Aber nicht, ohne klarzustellen, dass sie wiederkommen.“

Robert starrte in die Tasse.
Der Kaffee war plötzlich weniger beruhigend.

Stefan zuckte mit den Schultern.
„Hab dann euch traurige Gestalten in den Volvo geladen und nach Hause gekarrt. Du warst nicht ansprechbar, Otto hat geweint, weil er dich nicht ablecken durfte – und der Bock hat meine Sitze vollgesabbert.“

Robert hob eine Augenbraue.
„Was ist mit Nobbi? Was von ihm gehört? Gesehen? Irgendwas?“

Stefan schüttelte den Kopf.
„Nichts. Kein Ton. Kein Licht. Kein Zettel. Ich hab auch nicht groß gesucht, ehrlich gesagt. Ich hatte genug mit deinem Kampfschmuser zu tun.“

Otto legte den Kopf schief, als hätte er verstanden.
Stefan sah ihn an.
„Und sag mal... Warum muss der eigentlich immer
küssen? Ich mein, ich helf dir, ich rette dir den
Arsch, und er schleckt mir erst mal das Ohr aus.
Das ist nicht normal, Robert."

Robert grinste schwach.
„Besser als das Bein."

„Stefan, kannst du mal unter der Spüle nachsehen?
Da müssten noch irgendwo die Reste von meinem
Tilidin rumliegen. Knie-OP, anno-dazumal. War
mal ein ganzes Rezept. Vielleicht ist noch was
übrig."

Stefan verschwand in die Küche. Es klapperte
kurz, dann:
„Jo. Eine halbleere Blisterpackung. Drei Tabletten,
mindestens fünf Jahre abgelaufen."

„Perfekt", murmelte Robert. „Wirkung voll retro."

Er war gerade dabei, die erste mit einem weiteren
Schluck Kaffee runterzuspülen, als ihm etwas
einfiel.

„Sag mal, Stefan... Was ist eigentlich mit den
Granaten passiert?"

Stefan warf einen kurzen Blick durch die offene
Tür in den Garten.
„Liegen hinter deiner Regentonne."

Robert zog eine Augenbraue hoch.
„Du hast sie hinter die Regentonne gelegt?"

„War das Einzige, was nicht aus Plastik war."
Stefan zuckte mit den Schultern. „Ist trocken. Und
Otto kommt nicht ran."

Robert lehnte sich seufzend zurück.
„Na gut. Wenn Siggi mich mal wieder am Zaun
wegen Ottos Output vollquatscht, kann ich ihr ja
ein bisschen was zum Verfüllen von
Bombentrichtern rüberschmeißen. Dann hat sie
wenigstens mal was Sinnvolles zu tun."

Stefan grinste. „Nicht schlecht. Sozialarbeit auf
uckermärkisch."

Robert stemmte sich ächzend hoch – und sank
sofort wieder zurück.
„Okay... Die Tabletten brauchen noch. Ich brauch
mindestens noch einen Kaffee und alle drei davon,
bevor ich wieder als aufrechter Mensch
durchgehe."

Stefan setzte sich ihm gegenüber.
„Und dann?"

„Dann fahren wir nach Vierraden. Vielleicht sitzt Nobbi ja auf seiner Terrasse und lacht sich ’nen Ast über uns. Oder er liegt in seiner Scheune unter einem Haufen Bronzezeug.“

Otto gähnte.
Robert streichelte ihm über den Kopf.
„Komm, alter Junge. Noch ein Kaffee, dann holen wir deinen Ausgrabungsfreund zurück.“

Kapitel 7

Besuch bei den Verschwundenen

Eine Stunde, drei Tilidin und zwei Kaffees später
waren sie unterwegs nach Vierraden.
Otto lag ausgestreckt auf dem Rücksitz und
schnarchte leise vor sich hin – der Einzige an Bord
mit echter Erholung im Blick.

Robert saß auf dem Beifahrersitz und kaute auf
einem Kaugummi herum, den er irgendwo im
Handschuhfach gefunden hatte.
„Sag mal, Stefan… hast du 'ne Idee, wo diese vier
Witzfiguren herkamen?"

Stefan lenkte ruhig durch eine Schlaglochpiste, die
sich offiziell Landstraße nannte.
„Kennzeichen war aus Berlin."

Robert schnaufte.
„Ausgerechnet Mordor."

Stefan grinste.
In der Uckermark nannte man Berlin nicht ohne
Grund so.
Mordor – weil bei gutem Wetter regelmäßig
Horden von Berliner Wochenendkriegern
einfielen, als gäbe es eine geheime Brücke
zwischen Prenzlauer Berg und dem märkischen

Hinterland. Und sie benahmen sich dabei auch genauso wie Orks.

Immer laut, immer fordernd, immer überzeugt, dass ihre Anwesenheit ein Geschenk war – für Menschen, Land und Tierwelt gleichermaßen.

Robert konnte sich ein Augenrollen nicht verkneifen.
„Ich mein... wenn sie wenigstens nur campen würden. Aber nein. Immer große Meinung bei wenig Ahnung. Die Hälfte von denen denkt, eine Sense sei ein Yoga-Instrument.“

„Oder ein Podcast-Titel“, ergänzte Stefan trocken.

„Und wie oft fast Unfälle, weil so ein Ork einfach auf der Landstraße ohne Vorwarnung bremst – nur um ein scheiß Sonnenblumenfeld zu fotografieren.“

„Ernsthaft erlebt?“

„Drei Mal. Einmal mit Picknickkorb mitten auf der B2. Auf der Gegenfahrbahn.“

Stefan schüttelte den Kopf.
„Vielleicht waren unsere vier Freunde ja auch einfach Kulturtouristen.“

„Mit Schrotflinte und Drohung? Die sind maximal auf Bildungsreise in Sachen Einschüchterung.“

Sie schwiegen kurz, während sie Vierraden
näherkamen.
Die Felder wurden enger, der Wind wehte über
gemähte Wiesen. Die Sonne stand jetzt hoch, flach
genug, um wieder gnadenlos zu brennen. Robert
spürte das Tilidin langsam nachlassen.

„Also gut", murmelte er. „Gucken wir mal, ob der
verschollene Archäologengott sich irgendwo
versteckt hält."

Der Hof lag still in der Sonne.
Alles sah aus wie am Tag zuvor, als sie sich auf
den Weg zum Birkenhain gemacht hatten. Keine
Bewegung. Kein Laut. Die Fensterläden
geschlossen, die Tür verriegelt, der Briefkasten
leer. Keine Zeitung, kein Paket, kein Zettel an der
Tür.

Robert trat näher, Stefan neben ihm, Otto
schnupperte suchend in der Einfahrt.
„Sieht aus wie... na ja, wie immer", murmelte
Robert.

„Eben das macht's komisch", sagte Stefan.

Nur der Schuppen stand offen.
Die Tür quietschte leicht im Wind. Drinnen:
Chaos. Ein wildes Durcheinander aus Kisten,
Kabeln, Pappkartons, Werkzeug, Blechspielzeug
und vergilbten Landkarten. Dazwischen: ein

einfaches Feldbett, das provisorisch zwischen zwei alten Regalen aufgestellt war.

Robert trat näher, musterte den Haufen.
„Okay... Nobbi war schon immer eher Messi als Minimalist. Aber das hier... das ist nicht sein Stil.“

„Zu unordentlich für Nobbi?“, fragte Stefan skeptisch.

„Nicht unordentlich. Achtlos. Der schmeißt seine Schatzkiste nicht einfach um. Und erst recht nicht das Modell einer slawischen Langhütte aus Papier und Zahnstochern. Das hat er mal in vier Wochen gebaut. Mit Lupe.“

Otto bellte leise und tapste ums Haus. Robert folgte ihm, während Stefan noch im Schuppen suchte.
Hinter dem Schuppen lag ein alter Holzstapel – sauber geschichtet, wie von Hand gelegt, nicht wie zufällig geworfen. Robert wollte gerade umkehren, als ihm etwas auffiel: Eine der unteren Reihen war verschoben. Und davor: eine Holzklappe. Halb unter Laub, aber eindeutig offen.

„Ähm... Stefan?“

Stefan kam sofort.
Beide standen vor der Klappe.

Robert hockte sich hin, blies das Laub beiseite.
„Hast du das hier schon mal gesehen?“

„Nein. Aber wer hat schon eine Falltür unterm
Brennholz?“

Sie sahen sich an.
Dann sagte Robert:
„Ich glaube, jetzt wäre der Zeitpunkt, die Polizei
zu rufen.“

„Oder wir gehen erst mal gucken – und rufen
danach.“

Sie schwiegen kurz.
Otto bellte leise. Robert seufzte.
„Na gut. Dann eben Abenteuer-Modus.“

Der Hohlraum war leer.

Kein geheimes Lager, keine Karte, kein Schatz.
Nur feuchter Boden, ein paar vergessene
Spinnenweben – und ein einziges Stück Pappe.
Eilig abgerissen, die Ränder ungleich.
Darauf mit krakeliger Handschrift, kaum lesbar:

„Wir treffen uns dort, wo die erste Story begann.“

Robert starrte auf die Worte. Seine Stirn zog sich
zusammen.
Sein Schädel pochte dumpf, als hätte sich ein
kleiner Bergarbeitertrupp zwischen den Schläfen

eingenistet und dort mit Spitzhacken Dienst nach
Vorschrift begonnen.

„Was soll das heißen?“, fragte Stefan.

„Ich... weiß es nicht. Vielleicht ein Ort. Vielleicht
ein Witz.“
Robert blinzelte, als würde er das Papier besser
erkennen können, wenn er es anstarrte, bis es
antwortete.
„Wo haben wir uns das erste Mal getroffen?“,
murmelte er mehr zu sich selbst.

Die Erinnerung schwamm. Bilder tauchten auf,
verschwammen, wurden von Schmerz
weggeschoben. Kaffee, Regen, ein
Aufnahmegerät, Nobbi mit Mettwurst im Bart…
aber nichts Konkretes.

„Vergiss es“, murmelte er. „Ich brauch ’ne Pause.
Und Schmerztabletten. Viele.“

Stefan nickte.
„Dann holen wir den Pickup. Und unterwegs
halten wir an der Tanke. Oder beim Tierarzt. Ist
mir egal, Hauptsache irgendwas mit Wirkung.“

Otto schnaufte, als hätte er das mitgehört und
genehmigt.

Sie ließen die Falltür offen, das Pappstück in der
Jackentasche. Keine Spur von Nobbi. Keine

Bewegung auf dem Hof.
Nur Wind, Sonne – und das leise Gefühl, dass das
Ganze gerade erst anfing.

Robert saß tief in den Sitz gedrückt, die Sonne
blendete durch die Windschutzscheibe, und er
träumte von zwei Dingen: Zigaretten. Und
Schmerzmittel.

„Wir fahren nach Polen", sagte er bestimmt.
Stefan drehte sich kurz zu ihm um, sagte aber
nichts. Er wusste, was das bedeutete: Tanke auf
der anderen Seite der Oder.
Dort gab's alles, was Roberts bröckelnder Körper
verlangte.
Zigaretten. Koffein. Und Schmerzmittel –
rezeptfrei und zuverlässig wirksam.

„Der Pickup kann warten", brummte Robert.
Otto schnaufte bestätigend aus dem Kofferraum.

Sie hatten gerade die Oder-Brücke bei Schwedt
erreicht, die Grenze lag wenige hundert Meter vor
ihnen, als Roberts Handy vibrierte.

Er sah aufs Display.

KK Mike.

Robert verzog das Gesicht.
„Was will die Plinse denn jetzt?", murmelte er.

KK Mike – Kriminalkommissar mit unaussprechlichem Namen, irgendwas mit gefühlt zehn Mal „-ski“. Beamter der PD Ost in Prenzlau. Sie verband eine Hassliebe. Wobei: deutlich mehr Hass als Liebe.
Sie hatten in der Vergangenheit zusammengearbeitet – oder besser: Robert hatte gearbeitet, und KK Mike hatte verzögert, verwaltet, blockiert.

Besonders übel genommen hatte er Robert den Artikel, in dem dieser seine etwas entschleunigte Denkweise und den nur marginal vorhandenen Verstand recht deutlich auf Papier gebracht hatte. Der Presserat hatte ihn gerügt. Robert hatte sich gefreut.

Er atmete durch – und nahm ab.
„Womit hab ich nach über zwei Jahren denn diese Ehre verdient?“

„Wieland, Sie sind doch mit diesem... Hobby-Indiana-Jones befreundet?!“
Die Stimme am anderen Ende war angespannt, kurzatmig, irgendwo zwischen Anspannung und Ärger.

„Wenn Sie Nobbi meinen – kann sein.“

„Wir müssen uns dringend unterhalten. Querfahrt. Jetzt.“
Dann Klick. Aufgelegt.

Robert starrte auf das Display.

„Querfahrt?“, murmelte er.
Der Verbindungskanal zwischen Oder und Hohensaaten-Friedrichsthaler-Wasserstraße. Mitten im Nationalpark Unteres Odertal. Nur ein paar sandige Wege, Wiesen, ein paar verlassene Schilder. Keine Häuser, kein Verkehr – und ganz sicher kein Bankautomat.

„Wie zur Hölle wissen die von der Buddelei?“, fragte er laut.
„Und warum ausgerechnet dort?“

Otto hob den Kopf. Stefan bremste sanft.
Robert schob das Handy weg.
„Na dann. Vergessen wir Polen. Die Staatsmacht ruft.“

Kapitel 8

Die Querfahrt

Der Volvo bog vor dem Kanal rechts ab, rollte gemächlich über den schmalen Asphaltstreifen in Richtung Querfahrt.

Links lag der Verbindungskanal, ruhig und silbrig im Sonnenlicht.

Rechts: offene, weitläufige Feuchtwiesen – flach, grün, stellenweise sumpfig. Das Gebiet war Teil des Nationalparks Unteres Odertal, menschenleer, ausgedehnt und still.

Weit und breit kein Baum, kein Schatten, keine Deckung – nur Natur und ein Hauch von Grenzgebiet.

Robert starrte schweigend aus dem Fenster. Stefan konzentrierte sich auf die Spur – und dachte. Man sah es ihm an.

„Wie zur Hölle…", begann Robert, „…können die Bullen von der nächtlichen Buddelei wissen?"

Keine Antwort. Nur Ottos leises Hecheln von der Rückbank.

Robert trommelte mit den Fingern auf dem Fensterrahmen.

„Ich mein – außer uns dreien weiß niemand davon.
Und Nobbi… na ja, ist aktuell in einer Art
Unauffindbarkeitsmodus.“

Stefan verzog das Gesicht.
„Vielleicht war’s Zufall. Jemand hat Licht
gesehen, vielleicht den SUV, vielleicht
Knallgeräusche, vielleicht irgend’n Pilzsammler
mit Fernglas.“

„Ein Pilzsammler. Um zwei Uhr morgens. Mit
Fernglas.“

„Wir leben in Brandenburg, Robert. Hier ist alles
möglich.“

Sie schwiegen wieder. Die Straße zog sich
geradeaus, flankiert vom Wasser zur Linken und
vom zitternden Grün der Wiesen zur Rechten.
Keine Häuser, keine Kreuzung, kein Schild. Nur
ein paar Betonpoller am Rand, rostig,
zugewachsen.

Stefan atmete hörbar aus.
„Ich leg mir lieber gleich ein paar Sätze zurecht.
Falls sie was wollen, sag ich, Nobbi hätte eine
Genehmigung, wir seien nur als Transport- und
Sicherheitsbegleitung dabei gewesen, wegen...
Kampfmittel und so.“

„Und du meinst, das klingt glaubwürdig?“

„Zumindest besser als: Wir haben zufällig mitten in der Nacht ein Bronzegrab geöffnet, weil der Hund sich in der Gegend besonders wohlgefühlt hat."

Robert lachte trocken.
„Fair."

Der Wagen rollte langsamer.
Noch war niemand zu sehen.

Dann, aus einiger Entfernung, Blaulicht.
Viel Blaulicht.

Sie wurden langsamer.
Je näher sie kamen, desto absurder wirkte das Bild: mindestens fünf Streifenwagen, ein Einsatztransporter, zwei zivil wirkende Fahrzeuge und sogar ein Kastenwagen mit der Aufschrift KTU – Kriminaltechnische Untersuchung.

Robert starrte.
„So viele Streifenwagen an einem Sonntag? Da ist der Rest vom Landkreis jetzt wohl entspannt."
Sein Tonfall war trocken wie märkischer Sand.

Stefan pfiff leise.
„Das sieht nicht nach 'mal kurz was klären' aus."

„Selbst die Spurensicherung ist da...", murmelte Robert. „Was hat der dicke bloß angestellt?"

Sie fuhren bis an das provisorisch gespannte Flatterband heran, hielten, stiegen aus.

Kaum stand Robert aufrecht, sprang Otto aus dem Wagen – zielstrebig wie selten. Er schnüffelte kurz, dann steuerte er direkt auf einen der offenen Streifenwagen zu.
Mit sicherem Instinkt sprang er auf den Fahrersitz, setzte sich seelenruhig hin – und begann, das halbe Pausenbrot eines ahnungslosen Polizisten zu verspeisen.

„Otto!", rief Robert, halb entsetzt, halb stolz.

Der Beamte, der gerade aus dem Wagen kam, rief entnervt:
„Wessen Hund ist das bitte?!"

„Ausgebildeter Lebensmittel-Spürhund", sagte Stefan sachlich.

Der Polizist versuchte Otto aus dem Auto zu bekommen, doch der wehrte sich nur durch Nichtbeachtung. Kaute weiter das Pausenbrot der Staatsmacht.
Robert hielt sich den Bauch, der von Tilidin und Frühstückslosigkeit ohnehin rebellierte.
„So viel Autorität hat also die Staatsmacht in der Uckermark", prustete er.

KK Mike, dem trotz begrenzter Denkräumlichkeiten wenigstens eines auffiel, hatte das uralte Volvo-Modell vor der Querfahrt schon bemerkt.
„Wieland!", brüllte er, als wolle er mit seiner Lautstärke die mangelnde Autorität auch unter seinen Kollegen kaschieren.

Robert verdrehte die Augen.
Stefan blieb ruhig, ein leichtes Grinsen auf den Lippen.
Zusammen machten sie sich auf den Weg in die Richtung, wo KK Mike am Steilufer der Querfahrt stand – und dabei zusah, wie sich die KTU um einen Körper kümmerte.

„Was ist Ihnen denn passiert?", fragte KK Mike, als er Robert und Stefan erreichte.
Er musterte Robert von oben bis unten: das zerbeulte, zerkratzte Gesicht, das schmerzverzerrte Gehen.
„Beim Rasieren geschnitten", antwortete Robert mit einem knappen Lächeln – obwohl er selbst wusste, dass niemand ihm das abnahm. Aber immerhin war es die einzige Ausrede, die er so schnell parat hatte.

KK Mike schnaubte.
„Ja, klar."

Stefan hob die Hand.
„Sie kennen doch diesen bekloppten Hobby-Archäologen aus Vierraden!?“

„Kann sein, warum?“, fragte KK Mike, immer noch mit einem skeptischen Blick.

„Ist er das?“, fragte KK Mike dann, und machte einen Schritt zur Seite.
Mit einer unguten Bewegung kam die KTU nun in besseres Licht – und das Bild, das sich ihnen bot, ließ Robert den Atem stocken.

Dort, im flachen Wasser der Querfahrt, lag eine übel zugerichtete Leiche.
Ein freier Oberkörper, übersät mit blauen Flecken, blutigen Schnitten.
An den Seiten des Körpers zogen sich Quetschungen, die von einem wütenden Übergriff zeugten. Doch am dramatischsten war die Einschusswunde in der Stirn – eine klaffende, unübersehbare Lücke, die alles andere in den Schatten stellte.

Robert schloss für einen Moment die Augen.
Er wusste, wer das war.
Und er wusste, was das für ihn und Stefan bedeutete.

„Scheiße“, murmelte er. „Das ist… das ist er.“

Die Leiche war nun vollständig geborgen und am
Ufer abgelegt worden. Die Spurensicherung
arbeitete konzentriert, fotografierte, maß aus,
sprach leise. Robert trat näher – langsam, schwer,
den Blick gesenkt. Noch immer geschockt vom
Tod seines Freundes, zwang er sich, hinzusehen.

Nobbi.

Kein Zweifel.
Was von ihm übrig war, lag da wie ein
ausgespuckter Schatten seines früheren Ichs.

Der Körper war übersät mit typischen Spuren
gezielter Folter – genau der Art, die Robert aus
seinen früheren Reportagen über
Geheimdienstmethoden kannte.
Tiefe Hämatome an den Oberschenkeln.
Abgequetschte Fingernägel.
Verbrannte Hautstellen an Schultern und Rücken.
Feine, symmetrische Schnitte – gemacht mit
Präzision, nicht aus Wut.
Und schließlich: die saubere Schusswunde in der
Stirn. Kein Chaos, kein Zufall. Eine Hinrichtung.
Kontrolliert. Methodisch.

Robert trat einen Schritt zurück.
Stefan schwieg, Otto winselte leise.

„Wann haben Sie ihn zuletzt gesehen?", fragte KK
Mike, der plötzlich wieder auftauchte – Notizblock

in der Hand, Stirn gerunzelt, Stimme gezwungen sachlich.

Beide Männer zögerten.
Stefan kratzte sich am Nacken.
„Gestern, irgendwann am Nachmittag. Vielleicht Abend… schwer zu sagen.“

Robert nickte vage.
„War nicht ganz klar, war alles etwas... durcheinander.“

Für die Polizei war das nicht hilfreich.
KK Mike verzog das Gesicht, schrieb trotzdem etwas auf. Vermutlich: Ahnungslos, lügen, irgendwas vertuschen.

Robert war der Moment zu eng geworden.
Er drehte sich weg, zog Stefan am Ärmel.
„Komm, wir fahren. Ich hab genug Leichengeruch für heute.“

„Wohin?“
„Irgendeine Ausrede fällt mir gleich ein.“

Ein paar Minuten später saßen sie wieder im Volvo.
Otto auf dem Rücksitz, immer noch sichtlich verwirrt.
Die Spurensicherung war beschäftigt, KK Mike mit Anordnen und Herumschnauzen.

Sie fuhren langsam los, keiner hielt sie auf.

Im Auto sprach Stefan als Erster:
„Wie konnte das passieren? Ich mein… wie… wie
kriegen wir den Mist wieder gerade? Wie helfen
wir ihm jetzt noch?"

Robert schwieg.
Dann grinste er – schmal, schief, entschlossen.

Er zog sein Handy aus der Jacke und tippte auf den
Bildschirm.
Ein Videoplayer öffnete sich. Eine Aufnahme
startete.
Dunkelheit. Stimmen. Lichtkegel. Männer in
Schwarz.

„Wie hast du das gemacht?", fragte Stefan
verblüfft.

„Schon vergessen?" Robert klang plötzlich
lebendig. „Einmal Reporter, immer Reporter. Was
glaubst du, wie ich früher an Bilder und
Informationen gekommen bin? Ich hatte die
Stirnlampe um – mit Mini-Kamera. Hat das ganze
Spektakel aufgenommen. Vielleicht ist was
Brauchbares drauf."

„Du bist ein verdammter Fuchs."

„Nein", sagte Robert leise, „ich bin ein Freund, der
sauer ist."

Sie fuhren zurück nach Wendemark, um die Aufnahmen in Ruhe zu analysieren – in der Hoffnung, einen Anhaltspunkt zu finden. Etwas, das ihnen einen Vorsprung vor der Polizei verschaffte. Etwas, das half, die Wahrheit ans Licht zu bringen.

In Robert kochte Wut – ungewohnt still, aber tief.
Nobbi war mehr als ein Recherchepartner gewesen.
Mehr als ein Verrückter mit einer Sonde.
Er war einer der wenigen, denen er vertraut hatte.
Und jetzt lag er tot im Gras wie ein Stück Altmetall.

Aber Robert war fest entschlossen, das Rätsel zu lösen.
So wie er es hundertmal zuvor getan hatte.
Vielleicht nicht für Ruhm, vielleicht nicht für Geld.

Aber für die Wahrheit

Kapitel 9

Die Aufnahmen

Zurück in Wendemark machte sich Robert ohne Umwege an die Arbeit.
Er verschwand in seine selbsternannte Kommandozentrale – offiziell: sein Büro, praktisch: eine Rumpelkammer mit zwei Monitoren, einem durchgesessenen Stuhl, offenen Kartons, Kabelsalat und einem Aschenbecher, der wie eine archäologische Schichtkarte wirkte.

Zuerst sicherte er alle Daten:
Die Videos der Nacht, Tonmitschnitte der Unterhaltung mit KK Mike, Screenshots, GPS-Daten – alles auf eine verschlüsselte Festplatte, die aus gutem Grund keinen Cloud-Zugang hatte.

Dann sichtete er das Material – Frame für Frame, Szene für Szene.
Gesichter. Stimmen. Details.
Er nutzte Sprachtools, Kontrastfilter, Texterkennung.
Er schrieb mit. Unterstrich. Pausierte. Fluchte.
Spielte zurück. Machte sich Notizen.

Zwei Stunden später trat er aus dem Raum, den Block unter dem Arm, ein paar Ausdrucke von Screenshots in der Hand.
Er sah müde aus – aber klarer. Wacher. Fokussiert.

Stefan saß in der Küche und hatte in der Zwischenzeit versucht, dem Chaos einen Hauch von Zivilisation zu geben. Der Boden war gefegt, die Spüle nicht mehr lebensgefährlich, und zur großen Freude Roberts hatte er sogar ein Päckchen Schmerzmittel aufgetrieben.
Irgendwo im Vorratsschrank. Neben abgelaufener Hühnerbrühe und einer versiegelten Dose mit der Aufschrift „Scharfe Bohnensuppe – Hochsicherheitsmenü.“

Robert ließ sich stöhnend auf den Stuhl fallen.
„Also“, begann Stefan, „was haben wir an Greifbarem?“

Robert blätterte kurz, deutete auf einen der Ausdrucke.
„Berliner Kennzeichen – eindeutig. SUV gemeldet auf eine Briefkastenfirma in Reinickendorf.
Dann: Die Sprachaufnahme. Ich hab sie durch eine KI-Jargon-Abgleichung gejagt – Ergebnis: tschetschenischer Akzent. Sehr deutlich. Kurz, hart, schnell. Passt.
Und drittens: Die Foltermethoden... Ich hab da ein

paar Dinge mit den Aufnahmen aus dem letzten Tschetschenien-Bericht von 2015 verglichen.

Die Parallelen sind... krass. KGB-Altstil mit modernen Mitteln."

Stefan runzelte die Stirn.
„Tschetschenen? Hier? Ich mein... klar, die Clans haben sich breitgemacht, ein paar sitzen in Gramzow, andere zwischen Gartz und Pinnow... aber die sind eher damit beschäftigt, irgendwelche Drogenküchen in alten LPG-Ställen zu betreiben. Nicht, auffällige Hinrichtungen mit Einschuss in die Stirn."

Robert nickte langsam.
„Genau das ist der Punkt. Was bringt Leute, die sonst Crystal kochen und Schutzgeld eintreiben, dazu, sich für bronzezeitliche Relikte zu interessieren? Warum das Risiko? Warum so professionell?"

Er blätterte durch die Ausdrucke, legte ein Standbild auf den Tisch – unscharf, aber man sah einen der Männer, wie er etwas aus dem Loch hob.
„Vielleicht... war das Ding mehr als ein Relikt. Vielleicht war's etwas mit Wert. Nicht nur historisch – sondern richtigem Wert. Etwas, das man verkaufen kann. Oder was jemand zurückhaben will."

„Antikenhandel?", warf Stefan ein.

„Oder Ritualobjekt. Beweisstück. Symbol.
Vielleicht ist das Teil nicht nur alt, sondern auch
heiß. Und unser Nobbi hat es ausgerechnet vor
denen ausgegraben, die nicht wollen, dass
irgendwer davon weiß."

Stefan fuhr sich durchs Gesicht.
„Dann war's kein Überfall. Kein Zufall."

„Sondern eine Entfernung. Kalt. Zweckgerichtet."

Robert sah ihn an. Sein Blick war klar.

„Und wir müssen rausfinden, was er gefunden hat.
Sonst sind wir die nächsten, die in der Oder
landen."

Die Sonne senkte sich langsam Richtung Horizont
und färbte das Welsetal in ein sattes Orange.
Robert und Stefan saßen vor dem Haus, beide
müde, beide nachdenklich.
Es war einer dieser Abende, an denen selbst der
Wind leiser zu sein schien.

Otto schnüffelte kurz im Gras, drehte eine
ausgiebige Runde – und setzte dann einen
dermaßen beeindruckenden Haufen direkt ans
Zaungitter von Siggi, dass Robert unwillkürlich
schmunzeln musste.

„Braver Hund", dachte er.

Dann jedoch: Ob das schon unter die Biowaffen-
Konvention fällt?
Die Vorstellung, ob Siggi in ihrer nächsten
Anzeige möglicherweise auf die Genfer
Konvention verweisen würde, war ihm plötzlich
nicht mehr ganz abwegig.

Stefan stand auf, streckte sich.
„Ich muss schlafen. Morgen sehen wir weiter.
Kann ich den Volvo nehmen? Der Pickup steht ja
noch am Birkenhain."

Robert nickte nur.
Er selbst fühlte sich wie ausgespuckt, aber Schlaf
war eine ferne Idee.
Die Tschetschenen ließen ihn nicht los.

Stunden später lag er im Bett, Otto neben ihm –
der Hund schnarchte mit einem Nachdruck, der
ausreichte, um Regenwaldflächen im Geiste zu
roden.
Robert drehte sich von einer Seite auf die andere.
Kein Schlaf.

Irgendwann klappte er den Laptop auf. Das Licht
blendete. Die Müdigkeit war noch da, aber sie
musste warten.

Er begann zu lesen.
Berliner Lokalpresse, überregionale Blätter, Polizeiberichte. Er suchte gezielt nach arabischen und tschetschenischen Clans in Berlin – und ihren Aktivitäten im Bereich Kunst, Antiquitäten und illegale Märkte.

Schon nach wenigen Minuten fand er Schlagzeilen wie:

„Kunstschatz aus Museum verschwunden – Clan-Verbindungen vermutet" (Tagesspiegel, 2020)

„Raubkunst im Keller – Razzia bei mutmaßlichem tschetschenischen Clan-Mitglied" (Berliner Morgenpost, 2021)

„Antike im Visier: Schmuggelnetzwerk mit Kontakten nach Tschetschenien zerschlagen" (Spiegel, 2022)

„Waffen, Drogen, Reliquien – Clans diversifizieren ihre Geschäftsmodelle" (Zeit Online, 2023)

Er las von einem Fall, bei dem ein arabischer Clan in Charlottenburg bei einer Razzia nicht nur Bargeld und Waffen, sondern auch illegale Kunstobjekte aus dem Nahen Osten, Südosteuropa und der Bronzezeit gebunkert hatte.

Ein anderer Artikel berichtete über einen Tschetschenen in Berlin-Wedding, bei dem man in einer versteckten Wandnische eine kunstvoll verzierte Goldmaske aus der Spätbronzezeit gefunden hatte – Herkunft unklar, vermutlich Osteuropa.

Robert notierte sich:

Antikenhandel oft „Nebenprodukt" von Schmuggelrouten

Museen werden gezielt ausspioniert.

Archäologische Funde als Wertspeicher in Clan-Strukturen.

Objekte als „Währung" oder „Symbolmacht" in internen Machtdemonstrationen.

Mit jedem Satz wuchs in ihm ein Gedanke:
Nobbi hat etwas gefunden, das entweder wertvoller war als gedacht – oder gefährlich richtig lag.

Er sah auf das Standbild aus dem Video.
Ein dunkler Schatten mit einem Objekt in der Hand.

„Ich finde raus, was das war, mein Freund. Ich bring die Wahrheit ans Licht. Für dich."

Neben ihm grunzte Otto im Schlaf.
Robert schrieb weiter.

Kapitel 10

Sturmwarnung

Otto schlug Alarm. Laut, tief und sehr entschieden.

Robert blinzelte.
Seine Augen waren verquollen wie alte Brötchen
in Spülwasser.
Er tastete nach dem Handy auf dem Nachttisch.
Das Display war zu hell, seine Augen zu müde.
„Wie spät ist es...?"

Ein ungewöhnliches Geräusch drang durch das
gekippte Fenster.
Nicht das Schnarchen des Hundes. Auch kein
Traktor, kein Mähdrescher.

Regen.

Robert setzte sich mühsam auf.
„Regen? Im Juli? In der Uckermark?"
Er horchte genauer. Das Trommeln auf dem
Wellblech des Schuppens war eindeutig.
Ein satter, gleichmäßiger Regenguss –
ungewöhnlich für eine der trockensten Regionen
Deutschlands, wo sich selbst durstige Mücken
gegenseitig auslachten.

Der märkische Boden war kein Freund des
Wassers.
Wenn er mal etwas trank, dann spuckte er es gleich
wieder aus – als hätte die Natur selbst beschlossen,
dass Feuchtigkeit in dieser Landschaft nichts
verloren habe.

Dann hörte Robert ein zweites, vertrauteres
Geräusch:
Das altbekannte Rattern seines Volvos in der
Einfahrt.

„8:30. Was zur Hölle will Stefan so früh hier?“,
murmelte er, während er sich mit steifen Gliedern
aus dem Bett quälte.
Jede Bewegung war ein Protest der Prellungen und
Verspannungen aus dem nächtlichen Nahkampf
mit osteuropäischen Schwergewichten.

Die Treppe knarzte, der Rücken schrie.
Er drückte mit bleierner Hoffnung die Taste an der
Kaffeemaschine – ein leiser Brummton war alles,
was er zum Leben brauchte.

Kippe im Hals, Augen noch halb zu, öffnete er die
Tür.

Otto hatte eigentlich zum Sprint nach draußen
angesetzt – doch die Wassermassen bremsten ihn
abrupt ab.

Ein kurzer Blick nach oben, dann war alles klar:
Labrador-Modus an.

Bevor Robert auch nur ein Wort sagen konnte, war
Otto schon in die riesige Pfütze unter der Kastanie
gesprungen – und wälzte sich darin mit voller
Begeisterung, als hätte er eine alte Schuld an den
Regen zu begleichen.

Stefan sprintete durch den Regen ins Haus, völlig
durchnässt.
Die Haare klebten ihm im Gesicht, die Jeans war
dunkel vor Nässe.

„Hoffentlich ist der Kaffee stark", sagte er mit
roten, verquollenen Augen.
„Ich hab kaum ein Auge zugetan."

Robert murmelte nur ein unverständliches „Mhm",
während er sich an der Tasse festhielt.

Stefan setzte sich schwer auf den Küchenstuhl.
„Ach ja. Deine Eierkarre nervt. Die fährt sich wie
ein verdammtes Schaukelschiff.
Mir ist fast schlecht geworden auf dem Weg
hierher."

Robert grinste.
„Dann hat sie ihren Zweck erfüllt."

Robert ließ sich wieder in seinen Stuhl fallen. Der
zweite Kaffee war besser, stärker.

Otto schlief unter dem Tisch, dampfend und zufrieden, wie ein alter Heizkörper mit Fell.
Stefan schob ihm die Zuckerdose rüber.
„Also, was hast du heute Nacht gemacht – außer wachgelegen und deine Leber beleidigt?“

Robert nippte an der Tasse.
„Gelesen. Viel. Ich hab mir bestimmt dreißig Artikel reingezogen. Clan-Aktivitäten, Kunstraub, Antikenhandel, Schmuggel. Nicht nur arabische, auch tschetschenische Gruppen.
Die haben sich in den letzten Jahren aus dem Schatten bewegt – arbeiten mittlerweile richtig organisiert. Es geht längst nicht mehr nur um Koks und Kirmes.“

Stefan zog die Stirn hoch.
„Was meinst du mit organisiert? Ich dachte, das sind eher so Drogen, Schutzgeld, ein bisschen Protz und dicke Autos.“

Robert schüttelte den Kopf.
„Die Großen investieren längst in Wertanlagen. Kunst, Antiquitäten, Grabungsfunde. Zeug, das nicht auffällt, aber auf dem Schwarzmarkt Millionen bringen kann – besonders, wenn's aus Krisenregionen kommt oder archäologisch brisant ist.“

„Das heißt, das war gar kein Zufall?“, fragte Stefan langsam.

„Unser Nobbi... der ist denen
dazwischengekommen?"

„So sieht's aus."

Robert griff nach seiner Jacke, die über dem Stuhl
hing, und kramte darin herum.
Er zog ein leicht zerknittertes Stück Pappe hervor
– das Stück, das sie bei Nobbi gefunden hatten.
Er drehte es langsam in der Hand, starrte auf die
krakelige Notiz:

„Wir treffen uns dort, wo die erste Story begann."

Er fluchte leise.
„Wenn ich mich nur erinnern könnte, wo das
war..."

Stefan hatte die ganze Zeit sein Handy in der Hand
gehabt, tippte darauf herum.
Dann drehte er das Display zu Robert.

„War das hier?"

Auf dem Bildschirm ein alter Artikel.
Ein Text von Robert.
Titel: „Verlassene Vergangenheit – DDR-
Baracken am Wolletzsee"
Darunter ein Bild von Nobbi, wie er neben einer
einsturzgefährdeten Holzbaracke stand, die Sonde
locker in der Hand, das übliche Käppi schief auf
dem Kopf.

Robert starrte auf das Bild.
Er erinnerte sich an den Tag. Regen. Nasse
Socken. Der Geruch von Moder und
Lösungsmitteln. Und Nobbi, der sich über ein paar
rostige Gasmasken freute, als wären es die
Kronjuwelen.

„War das euer erstes Ding zusammen?", fragte
Stefan vorsichtig.

Robert nickte langsam.
„Ja... verdammt. Das war's."

So langsam kam sie zurück, die Erinnerung.

Eigentlich hatte Robert damals nur einen ganz
anderen Text machen wollen – über die
Asbestbelastung in den alten DDR-Baracken am
Wolletzsee. Ein typisches Sommerlochthema mit
lokalem Gruselfaktor.
Aber wie so oft wollte niemand mit ihm sprechen.
„Lügenpresse und so", hatten sie gesagt.
Die einen leise, die anderen laut. Manche mit
verschränkten Armen, andere mit Blicken, die
auch ohne Worte drohten.

Dann war er Nobbi begegnet.
Der war ziemlich allein durch den Wald neben
dem Strandbad in Angermünde gestreift. Eine
Mischung aus Metalldetektor, Anglerweste und
verbeultem Köfferchen in der Hand.

Robert, wie üblich mit der großen Klappe voran,
hatte ihn angesprochen.

Trotz aller Schrulligkeit hatten sich die beiden
sofort gut verstanden.
Nobbi war zwar ein Sonderling – aber einer mit
Charme und Prinzipien.
Und vor allem: einer, der mitmachte, wo andere
dichtmachten.

Robert hatte in den folgenden Jahren immer
wieder über seine Funde, Recherchen und
Ausrutscher berichtet.
Nicht immer zur Freude der Redaktionsleitung,
aber das war ihm egal gewesen.

„Was kümmert es die Eiche, wenn die Sau sich an
ihr schubbert."

Er hatte es trotzdem gedruckt.
Und meistens hatte Nobbi recht gehabt.

„Also ab zum Wolletzsee!", rief Stefan plötzlich,
der den letzten Satz im Artikel laut gelesen hatte.
„Bei dem Sauwetter ist keiner da – wir können uns
in Ruhe umsehen!"

Robert nickte, aber nachdenklich.
„Aber zuerst... müssen wir noch mal zu Nobbi
nach Hause.

KK Mike und seine Schläfertruppe waren garantiert schon da – aber ich wette, sie haben was übersehen."

Er stützte sich auf, das Gesicht eine Mischung aus Entschlossenheit und Schmerz.
Jede Bewegung fühlte sich an wie die Quittung für eine durchzechte Woche – nur ohne Alkohol.

Ein kurzer Blick nach draußen.
Es regnete immer noch.
Nicht stark, aber hartnäckig. Der Himmel grau, die Tropfen kalt.
Ein Wetter, das sich anfühlte wie eine Dauerverwarnung von ganz oben.

„Gummistiefel sind heute wohl Pflicht", murmelte Robert und tastete nach der Leine von Otto, der verschlafen gähnte – bereit für das nächste Kapitel.

Als sie den schmalen Weg am Rand von Vierraden erreichten, der zu Nobbis Hof führte, sahen sie schon von weitem das blaue Dachlicht eines Streifenwagens.

Stefan fluchte.
„Kacke. Was jetzt?"

Robert kniff die Augen zusammen.
„Okay. Plan B. Du lenkst die Bullen ab, ich schleiche mich hinten übers Feld rein.

Vielleicht haben sie Nobbis Büro nicht gründlich durchsucht. Mit etwas Glück liegt da noch was, was die vergessen haben.“

„Du meinst, wir machen das jetzt wie in einem mittelmäßigen Sonntagskrimi?“

„Nein. Ich mach das wie ein Reporter. Und du wie ein Mann mit einem gewissen… Auftreten.“

„Charmant, meinst du?“

„Verzweifelt reicht auch.“

Stefan grinste, gab Gas und bog auf den Hof. Robert stieg in der Bewegung aus, drückte Otto auf den Rücksitz, schnappte sich seinen Rucksack und verschwand am Rand des Feldes.

Das Gras war feucht, klebrig, zog an den Hosenbeinen.
Mohnblumen wiegten sich im Wind, schwere Tropfen hingen an den Blüten.
Robert stapfte geduckt am Rand entlang, die Luft feucht, das Geräusch der nassen Blätter wie ein leises Knistern im Ohr.

Hinter dem Schuppen angekommen, duckte er sich, atmete einmal tief durch – und horchte. Keine Stimmen, kein Schritt.

Währenddessen fuhr Stefan mit einem betont gelangweilten Gesichtsausdruck an den Streifenwagen heran, der vor dem Haus parkte. Zwei Uniformierte saßen darin – beide jung, offensichtlich neu im Job.

Zwei Polizistinnen.
Eine dunkelhaarig, konzentriert aufs Funkgerät.
Die andere: blond, etwa Mitte zwanzig, neugierig und nicht ganz unbeeindruckt, als Stefan die Scheibe runterließ.

„Guten Morgen", sagte er mit einem leichten Lächeln.
„Ich wollte nur mal fragen, ob man hier wieder durchkommt – mein Freund wohnt ein paar Häuser weiter. Da war doch was mit der Polizei gestern, oder?"

Die Blonde – Linda, wie er wenig später aus einem beiläufigen Kommentar erfuhr – musterte ihn kurz, dann entspannte sich ihr Blick.
„Nur Absicherung. Standard. Sie wissen ja – Tatort, Zugriff, Protokollkram."

„Na ja, Sie wissen ja... ich als armer Uckermarkbewohner bin da ganz froh, wenn hier mal überhaupt was los ist."

Ein Lächeln zuckte über ihr Gesicht.
Nicht übertrieben – aber ehrlich.

Stefan erkannte das Funkeln. Er war nicht
unzufrieden.

Er warf seinen ganzen improvisierten Charme in
die Waagschale, erzählte irgendwas von
landwirtschaftlichen Zufahrten, einer angeblichen
kaputten Satellitenschüssel in der Nachbarschaft
und dem schlechten Empfang im Tal.

Die andere Beamtin blieb kühl.
Aber Linda?
Sie hörte zu. Und lachte sogar einmal.

Robert hatte kurz um die Ecke gelunkert, um sich
ein Bild davon zu machen, wie Stefans
Ablenkungsmanöver lief.
Und zu seiner Überraschung: erstaunlich gut.

„Der kann also doch charmant", dachte er und hob
anerkennend eine Braue.
Linda lachte gerade über irgendeinen belanglosen
Uckermark-Witz.
Robert nutzte die Gelegenheit.

Er huschte zum Haus, drückte mit einem geübten
Griff durch den Spalt das angelehnte Fenster im
Erdgeschoss auf – ein Trick, den er bei seiner
Recherchezeit in Berlin von einem eher
zwielichtigen Informanten gelernt hatte – und
kletterte geschmeidig ins Wohnzimmer.

Innen war Chaos.
Die Polizei hatte es richtig krachen lassen.
Kissen, Schränke, Bücher, Teppich – alles
durchwühlt, umgeworfen, zerwühlt.

„Sieht ja aus wie Dresden ’45“, murmelte Robert
und zog die Schultern hoch.

Er bewegte sich vorsichtig durch das
Durcheinander, hinauf in den ersten Stock, direkt
Richtung Büro.
Leer.
Die Regale offen.
Die elektronischen Geräte: weg.
Laptop, Festplatte, Router – verschwunden.

„Na, war da doch mal einer wach bei der
Staatsmacht?“, fragte er sich leise.

Doch irgendetwas fehlte.
Das war zu sauber.
Zu systematisch.
Sie hatten gewusst, wonach sie suchen mussten.

Er schlich weiter – vorbei an einem gekippten
Fenster, Richtung Schlafzimmer.
Dann stoppte er abrupt.
Der Blick ins Bad.

Etwas war anders.
Zu sauber.

Alles hier war ordentlich.
Nicht durchwühlt.
Nicht mal die Zahnpasta schief.
Als hätte niemand hier gesucht.

„Die werden doch nicht...", murmelte Robert und
trat ein.

Er setzte sich auf den Thron – klassischster
Ermittlungsort der Welt, wie er fand – und sah sich
mit halb zusammengekniffenen Augen um.
Dann begann er, mit geübter Routine die
Schubladen zu öffnen.
Handtücher, Rasierer, Zahnseide – und dann:

Bingo.

In der unteren Schublade, hinter den
Ersatzklorollen, lag ein kleines, unscheinbares
Notizbuch.
Unmarkiert, abgegriffen, unauffällig.
Genau die Art von Ding, die man leicht übersieht –
und genau die Art von Ding, die Nobbi auf keinen
Fall zufällig dort versteckt hätte.

Robert griff es, steckte es schnell in die
Jackentasche – da vibrierte sein Handy.

Nachricht von Stefan:
„Beeil dich. KK Mike ist vorgefahren und fängt

an, dumme Fragen zu stellen. Ich muss hier
langsam weg. Wir treffen uns an der Müllkippe."

Robert reagierte sofort.
Er verließ das Haus auf demselben Weg, wie er
gekommen war – leise, konzentriert, tief geduckt –
und schlug diesmal einen Bogen in die andere
Richtung, weg vom Weg, weg vom Streifenwagen.

Das Feld war rutschig vom Dauerregen, der Boden
schwer, das Gras klatschnass.

Ein paar hundert Meter weiter ragten erste Hügel
aus Müll und Erde auf – die Müllkippe von
Vierraden.

Als Robert die Müllkippe erreichte, stand Stefan
bereits neben dem Volvo – breit grinsend, als hätte
er gerade im Lotto gewonnen.
Gerade ließ er Otto aus dem Auto, der sich sofort
streckte und die Umgebung mit wedelnder Energie
abscannte.

„Alter", rief Stefan, „Hunde sind zum Anbaggern
ja fast noch besser als kleine Kinder."

Er grinste noch breiter und hielt einen Zettel mit
einer Handynummer hoch, wie eine Trophäe.
Linda. Die blonde Polizistin. Offenbar hatte sie
Stefans Mischung aus feuchtem Charme und Dorf-
Bauernschläue doch nicht so schlimm gefunden.

Robert zog anerkennend die Augenbrauen hoch. „Ich bin beeindruckt. Wirklich. Tief beeindruckt. Ich wusste nicht, dass du 'ne Flirt-Schnittstelle hast."

„Versteckt. Wie gutes WLAN im Keller."

Robert grinste, zog eine Zigarette aus der Jackentasche, zündete sie an, blies den Rauch langsam aus – und griff dann in die Innentasche. Mit der gleichen Geste, mit der Stefan gerade seine Telefonnummer präsentiert hatte, hielt er das kleine Notizbuch in die Höhe.

„Und ich hab auch was mitgebracht. Nennen wir's: Inhalt. Vielleicht sogar Auflösung."

Stefan war sofort wieder ernst. „Das lag in Nobbis Haus?"

„Im Badezimmer. In der Klopapier-Schublade."

Stefan schüttelte den Kopf. „Was für ein Typ..."

„Genau deshalb war er mein Freund."

Otto, der inzwischen eine besonders tiefe Pfütze zwischen zwei Müllhügeln gefunden hatte, war über und über mit Schlamm bedeckt. Er wälzte sich mit voller Hingabe, als würde er sich auf

einen Schönheitswettbewerb für Wildschweine
vorbereiten.

„Komm schon, Otto", rief Stefan.
Otto reagierte nicht.

Erst der dritte Leckerchen Versuch, kombiniert mit
dem Geräusch der Leckerli-Tüte, brachte
Bewegung ins Tier. Widerwillig, aber satt, ließ
sich Otto in den Kofferraum bugsieren.

Robert warf einen letzten Blick zurück in Richtung
Vierraden.
„Lass uns hier verschwinden, bevor KK Mike
Lunte riecht."

Stefan nickte.
Der Volvo brummte los – ratternd, widerstrebend,
aber verlässlich wie immer.

„Auf nach Wolletz", sagte Robert leise, und
drückte das Notizbuch fester in die Jacke.

Kapitel 11

Rückkehr zum Ursprung

Der Volvo verließ Schwedt in Richtung Angermünde.
Die Landschaft wurde weiter, die Häuser weniger, das Grün dichter – und der Himmel hatte sich zu einer gleichgültigen grauen Decke zurückgezogen.

Robert saß mit hochgezogenen Schultern auf dem Beifahrersitz und blätterte unentwegt durch das kleine Notizbuch, das er bei Nobbi gefunden hatte. Immer wieder hielt er inne, schrieb etwas auf seinen Block, verglich Seiten, kritzelte Fragezeichen und Unterstreichungen in schnellem Rhythmus.

Stefan bog kurz vor dem Ortsausgang an die Agip-Tankstelle, sein Magen knurrte bedrohlich.
„Ich brauch was. Knacker oder ich dreh durch“, murmelte er und schielte auf Otto, der im Kofferraum das Wort Wurst quasi mit dem Atem einatmete.

„Robert? Willst du Kaffee?“
Keine Reaktion.

Robert war so tief in seinen Notizen versunken, dass er die Welt um sich herum ausgeblendet hatte.
Stefan grinste.
„Naja. Kaffee geht immer", murmelte er, stieg aus und machte sich auf den Weg zum Tankstellenshop.

Ein paar Minuten später kam er zurück – mit zwei Kaffee, vier Knackern, zwei Bockwürsten (Otto überschlug sich fast im Kofferraum) und einer Schachtel Kippen auf dem Arm.

Kaum hatte er die Tür geöffnet, purzelte das halbe Sortiment auf den Beifahrersitz und ließ Robert erschrocken zusammenzucken.
Die Zigaretten landeten direkt auf seinem Block.

„Was zum…?"
„Kaffee. Knacker. Kippen. Lebensgrundlagen",
sagte Stefan nüchtern.

Robert rieb sich die Stirn.
„Danke. Ich war... beschäftigt."

Er tippte auf das geöffnete Notizbuch.
„Das hier... ist kein Tagebuch. Das sind Aufzeichnungen. Beträge, kryptische Abkürzungen, Namen, Zahlen, manche rot unterstrichen. Und wenn ich mich nicht verrechnet habe... hat unser Freund in den letzten Monaten rund 450.000 Euro bekommen."

Stefan verschluckte sich fast an seinem Knacker.
„Wie bitte? Vierhundertfünfzigtausend?! Nobbi?
Was soll der denn mit so viel Kohle gemacht
haben? Der Typ hat sein Duschgel verdünnt, um
drei Cent zu sparen!"

Robert kaute nachdenklich auf seinem
Kugelschreiber.
„Tja... Frage eins: Wofür hat er das bekommen?
Frage zwei: Von wem?"

Stefan schüttelte den Kopf.
„Vielleicht hat er einen Schatz verkauft und's
niemandem gesagt?"

„Oder... er war Teil von was Größerem, ohne es
ganz zu merken."

Als der Wagen an Criewen vorbeifuhr, blieb
Roberts Blick kurz an einem verwitterten Schild
hängen.
Das Nationalparkzentrum. Das Museum. Alte
Villen. Viel Geschichte.

Sein Gedanke driftete ab.

Ob da eine Story drinsteckt...? Eine, die ihn wieder
zurück ins Geschäft bringt?

Seit der Artikel über die Stasi-Vergangenheit eines
brandenburgischen Abgeordneten, und besonders,
seit er dem Umweltminister öffentlich

Ahnungslosigkeit in Sachen Agrarpolitik
unterstellt hatte, war es dünn geworden mit
Aufträgen für freien Journalismus in der Region.

„Ja ja, die liebe Pressefreiheit", murmelte er leise.
Und ließ den Gedanken nicht los.

Bis zum Pinnower Kreisel drehten sich Roberts
Gedanken um die gute alte Zeit – oder zumindest
das, was davon übrig war.
Damals, als er sich noch mit spitzer Feder,
Aufnahmegerät und genug Zorn auf den Lippen
einen Ruf erarbeitet hatte: persona non grata für
die herrschende Politkaste Brandenburgs.

Leute, deren Lebensläufe alle 1990 begannen –
wie durch ein Wunder.
Keine Parteimitgliedschaften, keine IM-
Tätigkeiten, keine Brigaden, keine
Kadergespräche.
Als wäre die DDR ein Betriebsunfall gewesen, den
man aus dem Lebenslauf herauskorrigieren konnte.

Robert seufzte leise.
„Tja... Geschichte wird von denen geschrieben, die
übrig bleiben. Oder denen, die das Archiv
abschließen."

Als sie nach Angermünde einbogen – mit seiner
pittoresken Altstadt, den sanft restaurierten
Fassaden und dem dezenten Stolz, der in jeder

Mauer steckte – holte ihn das Kopfsteinpflaster schnell zurück in die Realität.

„Scheiße, was dröhnt der Kopf...", murmelte er, als der Volvo rumpelte wie ein betrunkenes Karussell.

In seiner Hosentasche fand er den Blister mit Schmerzmitteln, die Stefan daheim für ihn aufgetrieben hatte.
Zwei Tabletten, halb zerdrückt, aber noch wirksam genug, um ihn durch die nächste Stunde zu bringen.

Hinter ihnen schmatzte etwas.
Dann kam der Geruch.
Faul. Warm. Eindeutig.

Stefan rümpfte die Nase.
„Sag mal... kann es sein, dass Otto gerade einen Besuch an Siggis Zaun plant?"

Das war ihr Code für: Otto muss kacken.
Dringend.

Bevor sie rechts zum Wolletzsee abbiegen konnten, hielten sie am Rand.
Otto sprang raus wie ein Projektil und rannte zielsicher in Richtung der kleinen Einfamilienhäuser am Ortsrand.
Dort fand er eine pflegeleichte Buchenhecke, vor der er sich genüsslich niederließ – und sich von

dem trennte, was bei der Polizei noch als gestohlenes Pausenbrot galt.

Stefan beobachtete die Szene kopfschüttelnd.
„Glaubst du nicht, es wäre sinnvoll, dem Hund mal richtiges Hundefutter zu geben?"

Robert zog an seiner Zigarette.
„Hab ich versucht. Nimmt er nicht. Ist schon ein bisschen... verwöhnt."

„Ein bisschen? Der frisst selektiver als mein letzter Tinder-Date."

Als Otto zurückkam, zufrieden, nass, mit einem Grasbüschel am Ohr, setzten sie die Fahrt fort.
Sie bogen rechts ab, auf die schmale Straße, die sich durch ein sanftes Tal hinunter zum Wolletzsee schlängelte.
Im Sommer war die Strecke ein Nervenkrieg: Busse, Radfahrer, Familienkutschen, Berliner SUV-Panzer – alles auf einem Weg, der eigentlich nur für einspännige Pferde gedacht war.

Jetzt, bei Regen, war es ruhig.

Unten am See angekommen, hielt der Volvo auf einem matschigen Seitenstreifen.
Robert stieg aus – und war erneut überwältigt.

Jedes Mal aufs Neue.

Der Wolletzsee lag da wie ein unberührter Spiegel.
Sein Ufer von alten Buchenwäldern gesäumt,
Nebelschwaden über dem Wasser, der Regen nur
noch ein feiner Film.
Eine Szene wie aus Kanada – zumindest hatten das
viele Freunde gesagt, wenn Robert ihnen Bilder
zeigte.

Und jedes Mal hatte er gedacht:
Man muss nicht weit reisen, um die Wildnis zu
finden. Nur tief genug in die Uckermark

Sie stiegen aus dem Auto.
Regen hing noch wie ein dünner Schleier über dem
See, aber der Wind hatte nachgelassen. Die Welt
war stiller geworden, gedämpft.

Das Strandbad ließen sie links liegen.

Robert und Stefan folgten dem schmalen Weg, der
sich am Wasser entlang zog – vorbei an Büschen,
nassem Laub und alten Spuren von Lagerfeuern.

Hier hatte Robert Nobbi zum ersten Mal getroffen.
Ein Zufall, wie er im Journalismus oft der Anfang
von allem war.

Damals war Nobbi noch allein durch die Gegend
gezogen – mit seiner Sonde, einem klapprigen
Bollerwagen voller Schrott und der festen
Überzeugung, dass jeder verrostete

Wehrmachtsdeckel ein Puzzlestück der Geschichte
war.

Robert erinnerte sich genau:
NVA-Schrott, Wehrmachtsmüll, Alubüchsen.
Und dazwischen ein Typ mit Käppi, zu weiter
Weste und leuchtenden Augen, wenn er über
Erdschichten philosophierte.

Jetzt war Nobbi tot.
Und jemand hatte ihm in den letzten Monaten
450.000 Euro gezahlt.
Aber wofür?
Und wo war das Geld geblieben?

„Vielleicht hat er's einfach irgendwo verbuddelt",
murmelte Robert.

Stefan blickte ihn fragend an.

Sie folgten dem Weg weiter, bis zu der Stelle, wo
sich die Welse aus dem Wolletzsee schiebt – ein
ruhiger, schmaler Abfluss, gesäumt von feuchten
Büschen, einem umgekippten Baum, Moos und
Wurzelwerk.

Robert blieb stehen.
Er deutete auf eine Stelle im Dickicht, die aussah
wie jeder andere Haufen nasser Zweige.

„Hier kam er aus dem Gebüsch damals. Einfach
so.

Ich hatte gerade ein paar Fotos gemacht, dann raschelte es – und da stand er. Mit Sonde, Gasmaskenfilter und einem Alukoffer voller Konservendosen."

Stefan nickte langsam.
Die Szene war ruhig, fast melancholisch.

Dann runzelte er die Stirn.
„Aber was genau sollen wir hier machen? Was zur Hölle sollen wir finden?"

Robert zuckte mit den Schultern.
„Ich weiß es nicht... aber wenn das hier der Anfang war, dann hat er uns vielleicht genau deshalb hergeführt."

„Hast du dich eigentlich jemals gefragt, warum er ausgerechnet hier herumgekraucht ist?", fragte Stefan, während er einen Zweig von der Jacke zupfte.

Robert blieb stehen.
Schweigen.
Ein Moment.

„Nein...", sagte er schließlich.
„Jetzt, wo du's so sagst – niemals."

Er war selbst überrascht. Ausgerechnet er – der Mann, der nie eine Frage ungestellt ließ. Der jeden Winkel ausleuchtete, jedes Motiv hinterfragte.

Und ausgerechnet bei Nobbi, seinem schrägen
Komplizen, hatte er es einfach hingenommen.

„Weil er halt überall rumstöbert."
Das hatte gereicht.

Jetzt nicht mehr.

Robert trat tiefer ins Gestrüpp, drückte Zweige zur
Seite, schob feuchtes Buschwerk beiseite – immer
in die Richtung, aus der er meinte, Nobbi damals
auftauchen gesehen zu haben.

Stefan folgte ihm – fluchend, aber wachsam.

Nach vielleicht fünf Minuten standen sie mitten im
Nirgendwo.
Vor ihnen ragten alte Betonreste aus dem
Waldboden.
Teils überwachsen, teils eingesunken, aber
eindeutig: eine alte Bunkeranlage.
Rechte Winkel, eingelassene Stahlbügel,
vermooste Kanten.
Verwittert. Unberührt. Seit Jahrzehnten.

„Verdammt...", murmelte Robert.
„Das ist ein alter Rückzugsbunker. Vielleicht aus
der DDR. Vielleicht Wehrmacht. Irgendwas
dazwischen."

Stefan umrundete das Mauerwerk, sah sich
genauer um. Dann stoppte er.

„Hier. Schau mal.“

Am Boden lag ein Haufen aus trockenen Zweigen,
sorgfältig aufgeschichtet – nicht wie
herabgefallenes Geäst, sondern wie von Hand
gelegt.
Ordentlich. Zu ordentlich.

Stefan zog vorsichtig daran.
Und tatsächlich:
Darunter öffnete sich ein schmaler, dunkler
Eingang.
Modrig. Feucht. Schwarz.

Ein Geruch nach altem Mauerwerk, Rost, Erde.
Die Tür – aus Metall, halb offen, eingerostet, aber
beweglich.

„Hast du Licht?“, fragte Robert.

„Nein. Aber wir haben noch das Grabzeug im
Volvo.“

Robert stöhnte.
„Schon wieder Indiana Jones?“

Er rieb sich mit einem gequälten Gesichtsausdruck
die Hüfte.
„Ich spür die letzte Grabung noch in jeder Zelle
meines Körpers.“

„Und trotzdem willst du rein, stimmt’s?“

Robert nickte.
Langsam.
„Natürlich."

Kapitel 12

Fragile Fracht

Es war bereits dunkel, als sie sich schwer beladen auf den Rückweg vom Bunker zum Volvo machten.
Die Luft war feucht, das Gras raschelte unter den Stiefeln, und jeder Schritt fühlte sich an wie ein kleiner Sieg gegen den Muskelkater von morgen.

Robert trug zwei Lampen, eine davon bereits flackernd, und einen vollgestopften Rucksack, der bei jedem Schritt klackerte.
Kleine Schachteln, säuberlich beschriftet, mit Dreck und Staub überzogen – sie hatten sie im Bunker gefunden, zusammen mit den Kisten, die Stefan jetzt ächzend hinter sich herschleppte.

Stefan, dem die körperliche Arbeit leichter fiel, schleppte zwei alte Munitionskisten, verschlossen mit rostigen Kabelbindern, die sich im Dunkeln weder mit Klappspaten noch mit Stirnlampe öffnen ließen.

„Was ist, wenn da tatsächlich Munition drin ist?", fragte Robert keuchend.

Stefan, der nicht einmal mehr fluchen wollte, antwortete trocken:

„Das kann man zur Selbstverteidigung bestimmt
nutzen. Erinnerst du dich an die Granaten, mit
denen ich dir neulich den Arsch gerettet hab?"

Robert musste unwillkürlich an die Regentonne
hinter seinem Haus denken.
An die Granaten, die dort lagen wie explosive
Gartendeko.
Und an den Ärger, der unweigerlich kommen
würde, wenn dieser illegale Munitionsbestand jetzt
weiter anwuchs.

„Wie bitte soll man das jemals einem Staatsanwalt
erklären?", murmelte er und schüttelte den Kopf.

„Kunstprojekt?", bot Stefan an.
„Freizeitarchäologie mit Vertiefung auf
Verteidigungstechnik?"

Robert lachte einmal kurz auf, dann hustete er.
Sie waren müde, abgekämpft, hungrig – und froh,
als sie endlich den Volvo erreichten.

Im Dunkeln wartete Otto bereits schwanzwedelnd
auf dem Rücksitz – aufmerksam, aufgeregt, als
wolle er fragen: „Na? Was habt ihr Schönes
gefunden?"

Kaum war der Kofferraum geöffnet, sprang Otto
mit einem Satz hinaus, rannte ins Unterholz – und
kam keine halbe Minute später wieder zurück.

Begleitet von einer Duftwolke, die keine Zweifel
ließ:
Seine Verdauung hatte beschlossen, ein weiteres
Kapitel aufzuschlagen.

Robert riss die Tür auf, fluchte, fuchtelte mit der
Hand.
Stefan japste.

„Bei aller Liebe – bring dem Hund endlich bei,
Hundefutter zu fressen!", prustete er, das Gesicht
schon grünlich schattiert vom Geruch.

Robert öffnete die Fenster.
„Er ist eigen. Und treu. Leider in genau der
Reihenfolge."

Stefan verstaute die Kisten, Robert legte seinen
Rucksack dazu.
Die Nacht hatte mehr gebracht, als sie erwartet
hatten – und weniger Schlaf, als sie sich
gewünscht hätten.

In Wendemark angekommen, wurde die Mission
„Fundstücke ins Haus" zur logistischen
Herausforderung – nicht wegen des Gewichts,
sondern wegen Siggi.

Die selbsternannte Königin des Ortsteils stand
zwar gerade nicht sichtbar am Fenster, aber das
hieß nichts.

Robert war überzeugt, dass sie eine Art
sozialistische Frühwarnanlage im Gehirn besaß.
Sie hörte alles. Sah alles. Kommentierte alles.

„Mich würd's nicht wundern, wenn die mal bei der
Stasi war", schnaufte Robert, als er eine der
Munitionskisten aus dem Kofferraum wuchtete.

„Und wenn nicht, hat sie offensichtlich den Beruf
verfehlt", legte Stefan zynisch nach.

Sie schafften alles rein: Otto, die Schachteln, die
Kisten, den Dreck – und sich selbst.
Dann verriegelten sie die Tür, zogen die
Fensterläden zu und atmeten erst mal durch.

Stefan machte sich daran, endlich etwas
Vernünftiges zu essen zu kochen.
In der Küche klapperte es bald vielversprechend.

Robert hingegen tappte durch den Flur, auf der
Suche nach seinem Werkzeugkasten.
Nicht, dass der besonders umfangreich oder gut
sortiert gewesen wäre – aber irgendwo mussten
sich Brecheisen, Zange und Schraubenzieher doch
verstecken.

Nach zehn Minuten Suche, zwei Flüchen und
einem leichten Wutanfall ließ er sich auf dem
Stuhl im Wohnzimmer nieder, zündete sich eine
Zigarette an – seine Denkzigarette – und spielte

gedankenverloren mit den kleineren Schachteln,
die im Rucksack Platz gefunden hatten.

Eine davon war besonders unscheinbar.
Staubig, verkratzt, mit einer verblassten
Kombination aus Zahlen und Buchstaben darauf.

Robert blies langsam den Rauch über den Deckel
und wischte mit dem Daumen darüber.
Diese Nummer...

Irgendwo hatte er die schon mal gesehen.

Er setzte sich aufrechter hin, griff nach dem
Notizblock, den er mit den Abschriften aus Nobbis
Notizbuch gefüllt hatte – und blätterte.

Plötzlich hielt er inne.
Er hatte sie gefunden.
Genau diese Kombination stand dort.
Eindeutig. In Nobbis Schrift.

Daneben:
Ein Name.
Und eine Zahl, offenbar ein Geldbetrag.
Zweitausendfünfhundert Euro.

Robert starrte auf das Muster.
Dann auf die nächste Schachtel.
Auch sie trug eine solche Codierung.

Er blätterte weiter – und fand sie alle.

„Das ist ein Verzeichnis“, murmelte er.
„Jede Schachtel – eine Zahlung. Ein Name. Ein
Code.“

Die Nummern auf den Schachteln füllten exakt die
Lücken in den Zahlenfolgen aus Nobbis
Notizbuch.

Robert hatte nun nicht nur einen Zusammenhang,
sondern fast so etwas wie ein Inventar:
Schachtelnummer – Name – Betrag.
Es war sauber geführt, fast akribisch. Und bei
jedem Treffer wurde ihm mulmiger.

Stefan kam mit einem überquellenden Teller um
die Ecke.
Nudeln, Butter, Salz. Einfach, sättigend. Otto
erkannte den Geruch sofort und versuchte mit der
Eleganz eines nassen Sackes, sich auf Stefans
Schoß zu manövrieren.

„Toll“, sagte Stefan kauend.
„Und wo ist die Kohle? Und warum wurde er
umgebracht?“

Er schob Otto mit dem Bein weg.
„Jedes Mal, wenn wir ’nen Schritt vor machen,
machen wir gefühlt zwei zurück.“

Robert nickte.
Dann blätterte er weiter.

„Sechs verschiedene Namen tauchen immer
wieder auf. Am häufigsten einer: Salambek.
Das bedeutet 'Frieden'. Passt irgendwie nicht."

Stefan kaute, schluckte, grinste schräg.
„Dann erklär ihm das mal, wenn ihr euch je
begegnet."

Robert sagte nichts – er griff nach einer der
Schachteln und öffnete sie vorsichtig.

Drinnen lagen kleine Schmuckstücke.
Sorgfältig auf Stoff gebettet, in Seidenpapier
gewickelt.
Goldene Anhänger, fein ziseliert, mit keltischen
Mustern.
Dazwischen: Bernstein-Amulette, tropfenförmig,
leicht geschwärzt, von Hand gebohrt, mit uralten
Gravuren.
Einige Teile waren mit winzigen Silberdrähten
verbunden – alles aus dem Frühmittelalter, ganz
sicher nichts, was auf einem Sonntagsflohmarkt
den Besitzer gewechselt hatte.

Stefan beugte sich vor.
„Hat er das alles selbst ausgegraben?"

„Sieht so", murmelte Robert.
„Aber warum hat er das nicht gemeldet?"

„Bei den Summen in dem Buch...“, antwortete Stefan und deutete auf den Block, „...würd ich's auch nicht melden.“

Robert nickte langsam.
„Also hat unser Freund illegale Schätze gefunden und vermutlich an einen oder mehrere Clan-Abnehmer verkauft.
Dafür hat er Bargeld bekommen. Vermutlich Drogengeld. Und war... gut im Geschäft.“

Er lehnte sich zurück.
„Stille Wasser sind offenbar nicht nur tief – sondern auch verdammt dreckig.“

Sie sahen sich kurz an. Otto grunzte, frustriert, weil niemand ihm etwas vom Teller abgab.

Dann sagte Robert:
„Aber was hat er im Birkenhain gefunden, das ihn das Leben gekostet hat?
Was war anders an diesem Fund?
Bis jetzt war das doch eine Geschäftsbeziehung.
Buddeln, abgeben, abkassieren.
Nichts, was einen Partner so wütend macht, dass er ihn foltert und exekutiert.“

Stille.

Robert saß vor seinem Laptop, tief versunken.
Das Licht des Bildschirms spiegelte sich in seinen
müden Augen, während er sich durch Foren,
Presseartikel, Leaks, PDF-Dokumente und
Datenbanken wühlte.
Er tippte Begriffe ein wie Salambek,
Tschetschenien, Clan, Berlin, Kunstraub.

Er hangelte sich von Seiten der taz zur Berliner
Morgenpost, von obskuren Archäologieblogs zu
Sicherheitskonferenzen.
Er las über Strukturen, Namen, verdeckte
Ermittlungen.
Artikel, die andeuteten, dass Berliner Clans gezielt
in den Kunstmarkt eindrangen – auf der Suche
nach unauffälligen Wertanlagen und Symbolen,
die in ihrer Parallelwelt Prestige bedeuteten.

Er hörte nicht einmal, wie Stefan sich
verabschiedete.
„Ich nehm den Volvo. Morgen müssen wir
unbedingt meinen Pickup holen."

Die Tür fiel leise ins Schloss. Robert klickte, las,
schrieb, verglich.

Die Restnacht verbrachte er mit offenen Tabs und
einer brennenden Zigarette im Aschenbecher, die
längst zu Asche zerfallen war. Irgendwann
dämmerte er weg – im Sitzen, den Kopf halb auf
der Tischplatte, das Notizbuch unter dem Arm.

Am Morgen lief alles wie gewohnt.

Robert erwachte gegen halb neun, gerädert,
verkrampft.
Er setzte sich stöhnend auf, gähnte, rieb sich die
Augen – und begann sein morgendliches Ritual:

Kaffeemaschine an – der erste, heilige
Knopfdruck.
Zigarette an – selbst wenn es in der Lunge brannte.
Otto rauslassen – der stand schon mit
quietschendem Schwanz an der Tür.

Sie traten in den Hof.
Es regnete leicht. Otto tappte hinaus, schnüffelte –
und steuerte zielsicher auf den Zaun zu.
Siggi stand schon da.
Lockenwickler, Gummistiefel, die Hand an der
Hüfte.

„Guten Morgen, Herr Wieland. Ihr Hund hat
gestern wieder auf meinen Rindenmulch gemacht.
Und die Buchenhecke leidet sichtlich unter Ihrer
Erziehungsarbeit."

Robert rieb sich das Gesicht, zog tief an der Kippe.
„Siggi... wenn mein Hund bei Ihnen auf den
Rindenmulch scheißt, dann hat das rein
symbolischen Charakter. Ich persönlich feiere das
als Beitrag zur Bodenverbesserung."

„Das ist Rufmord!“

„Nur wenn Sie sich davon angesprochen fühlen.“

Sie fauchte, Otto nieste, Robert drehte sich um.

Zurück im Haus fiel ihm beim Aufgießen des
Kaffees etwas auf.
Er sah aus dem Fenster. Der Volvo war weg.

Für einen Moment war er alarmiert – dann
dämmerte es ihm vage:
Stefan.
Er hatte irgendwas gesagt... „Ich nehm den
Volvo.“

Robert zuckte mit den Schultern, nahm den ersten
Schluck Kaffee, griff zum Handy.
„Ich ruf ihn einfach an.“

Er wählte.
Nichts.

Kein Netz. Kein Klingeln. Keine Mailbox. Handy
aus.

Er starrte aufs Display.
10:00 Uhr.
Stefan – der sonst immer spätestens um acht schon
irgendetwas Unnötiges tat – war nicht erreichbar.

Robert runzelte die Stirn.
War er einfach müde? Übernächtigt? Brauchte
Abstand vom Wahnsinn?

Robert ließ das Handy sinken. Kein Signal, keine
Nachricht, kein Stefan.
Aber statt in Panik zu verfallen, blieb er sitzen.
Er zündete sich eine weitere Zigarette an, nippte
am Kaffee – und ließ die letzten Tage Revue
passieren.

Das Bild war nicht rund. Noch nicht. Aber es
bekam Kanten, Ecken, erste Konturen.

Nobbi hatte also nicht nur ein paar
Bronzewerkzeuge im Hain gefunden.

Dafür waren die Artefakte zu zahlreich, zu gut
erhalten, zu wertvoll.
Sie waren geordnet gewesen. Sorgfältig verpackt,
nummeriert, katalogisiert.
Ein System – kein Zufallsfund.

Und das Geld.
450.000 Euro.
Dokumentiert. Namen, Beträge, Kürzel.
Das war kein Hobby mehr gewesen. Das war
Handel.
Ein System und ein Risiko.

Robert kratzte sich am Kinn.
War Nobbi so naiv?
Oder schlimmer:
War er gar nicht naiv – sondern bewusst
schweigsam?

Er hatte ihn immer für einen verrückten Idealisten
gehalten.
Aber jetzt?

Jetzt sah es eher nach Verschwiegenheit mit
Absicht aus.
Nicht aus Bosheit. Sondern aus Angst? Schutz?
Schuld?

Robert schüttelte leicht den Kopf.
Es passte nicht zu dem Mann, mit dem er am Feuer
gesessen hatte.
Aber Menschen hatten Schichten. Und manchmal
verbargen sie unter schrulligem Witz ganz andere
Dinge.

Und dann waren da diese Tschetschenen.
Vier Mann. Schwarz gekleidet. Schwer bewaffnet.
Profis – keine Dealer.
Clanleute.

Was hatten die in diesem Puzzlestück verloren?
Was verband Nobbis Schätze mit osteuropäischen
Verbrecherstrukturen?

Ein alter Bunker, voller Gold und Bernstein.
Ein toter Freund.
Verbrannte Spuren.
Und eine Clanverbindung, die auf den ersten Blick
keinen Sinn ergab.

Robert blies den Rauch durch die Nase und sah zu
Otto, der neben ihm auf dem Boden lag und im
Schlaf zuckte.

„Was hat er wirklich gefunden, Otto?"
„Und warum hat es ihn das Leben gekostet?"

Kapitel 13

Unterwegs

Da Stefan zum Verrecken nicht ans Telefon ging und Robert langsam, aber sicher das Tilidin ausging, blieb ihm keine Wahl:
Er musste in die Stadt.
Zu Fuß? Auf gar keinen Fall.
Mit dem Rad? Bei seinem Rücken? Niemals.

Also setzte er sich widerwillig in den Bus 403 Richtung Schwedt.
„Schon scheiße ohne Auto", murmelte er, während er sich auf den klappernden Plastiksitz sinken ließ. Und das, obwohl er den Volvo in den letzten Wochen mehrfach verflucht hatte – wegen der Stoßdämpfer, der Kupplung, des Gestanks und der Fenster, die immer genau dann klemmten, wenn man jemanden beeindrucken wollte.

Der Bus schaukelte gemächlich los.
Herrenhof, Stendell, vorbei an abgeernteten Feldern, durch die Kavelheide, dann am gewohnten Anblick vorbei:
Die Raffinerie PCK, träge dampfend wie ein angeschlagener Drache.

Robert war fast allein im Bus.
Nur ein älterer Herr mit Schlapphut, der lautlos vor
sich hin schlief, und eine Frau mit Tragetasche, die
Robert durch das Spiegelbild ihres Handys
beobachten konnte, ohne dass sie es merkte.

Es war still.
Und das war gut.

Aber nur bis Rosa-Luxemburg-Straße.

Dort stiegen sie ein.
Horden von Schülern der Talsand-Oberschule,
ausgestattet mit Rucksäcken, Energy-Drinks,
überdimensionierten Kopfhörern – und einem
erstaunlich geringen Bedarf an leiser
Kommunikation.

„Zu faul, zwei Stationen zu laufen“, dachte Robert.
„Oder ein paar hundert Meter bis zum ZOB. Aber
Hauptsache, durch den Bus brüllen.“

Es war wie ein Schalter, der umgelegt wurde.
Eben noch Stille. Jetzt Verbalterror.

Er betrachtete die Jugendlichen:
Gleich geschminkt. Gleich gekleidet. Gleich
genervt.
Wie frisch aus einem Klonlabor für modischen
Stillstand.

„Wir sind verloren“, dachte Robert, während er
versuchte, sich in seinen Sitz zu drücken.
Aber es half nichts. Den sprachlichen Ergüssen,
die durch den Bus schallten, war nicht zu
entkommen.

Wörter ohne Artikel.
Sätze ohne Sinn.
Lautstärke ohne Inhalt.

Ein Mädchen quietschte:
„Ey, hast du gesehen, wie er so war? So richtig
so... weißte?“

„Brudi, war krank einfach. Komplett lost!“

Robert schloss die Augen.
Nicht vor Müdigkeit.
Vor soziokultureller Überforderung.

Am ZOB angekommen schob sich Robert mühsam
zwischen den Schülern hindurch, die sich offenbar
für den Mittelpunkt des bekannten Universums
hielten.
Er setzte sich in Bewegung Richtung Oder-Center
– gezielt, denn das Ziel war klar:
Die Apotheke.
Dort wollte er den Schmerzmittelbestand der
gesamten Uckermark auf ein gesundes Minimum
reduzieren.

Er war gerade dabei, sich durch das Glasdrehtor zu schieben, als sein Telefon klingelte.
Ein kurzer Blick aufs Display.

Stefan.

Robert nahm ab.
„Guten Morgen, Prinzessin, auch schon wach?“, brummte er ins Telefon, noch immer angeschlagen vom verbalen Flächenbombardement im Bus.

Am anderen Ende konnte man das Grinsen fast hören.
„Ja danke, gut. Und dir?“, fragte Stefan in diesem neutral-heiteren Ton, der jede Provokation ignorierte – ein klarer Fall von passiv-aggressivem Frohsinn.

Robert starrte auf eine Menschenschlange vor dem Backshop und entschied sich zuerst für den Gang zur Apotheke.
„Wenn es der Prinzessin beliebt, könnte sie mich vielleicht mit MEINEM Auto am Oder-Center abholen?!“, knurrte er.
„Ich bin alt, ich bin müde, ich bin medikamentenbedürftig!“

Stefan ließ sich nicht beirren.
„Bin schon unterwegs. Und ich hab spannende Neuigkeiten für dich.
Wir fahren direkt los.“

Click.
Gespräch beendet.

Robert starrte auf das Handy.

„Wir?"
Wir fahren direkt los? Wer zur Hölle ist „wir"?

Ist Stefan über Nacht adelig geworden?
Oder hat er eine gespaltene Persönlichkeit, die ihm
bislang entgangen war?

Robert ließ das Handy sinken, murmelte in seinen
nicht vorhandenen Bart:
„Wenn der mir gleich erzählt, dass er sich mit KK
Mike angefreundet hat, steig ich nicht ein."

Er drehte sich auf dem Absatz um und ging
langsam zurück zum Eingang – mit einem
Fragezeichen im Kopf und zu wenig Tilidin in der
Tasche.

Der Volvo näherte sich – wie immer unüberhörbar.
Das Jaulen des Turbos, das Knarzen der Federung,
das Husten des Auspuffs – ein Klangteppich, der
jedes Wildtier im Umkreis von zwei Kilometern in
Flucht versetzte.

Robert saß auf einer Bank vor dem Oder-Center,
einen doppelten Espresso in der einen, eine
qualmende Zigarette in der anderen Hand.
Er hatte es nach ausgiebiger Diskussion zumindest

geschafft, der Apothekerin zehn Packungen Ibu 200 aus dem Kreuz zu leiern.
Das Rezept?
Missverständlich.
Der Zettel, den sie ihm mitgab?
Ein Flyer für Hilfe bei Suchterkrankungen.
Er hatte ihn zerknüllt und in den Mülleimer geworfen, ohne zu wissen, ob er lachen oder beleidigt sein sollte.

Gerade spülte er eine Handvoll Tabletten mit dem Espresso runter, als er aus den Augenwinkeln etwas sah.

Ein blondes Etwas.
Beifahrersitz. In seinem Volvo.

Er blinzelte.
War das ein Witz? Oder Nebenwirkung der Medikamenten-Koffein-Nikotin-Kombi?

Der Volvo hielt vor ihm.
Noch bevor er ganz stand, flog eine der hinteren Türen auf.

„Spring rein!", rief Stefan fröhlich.
Viel zu fröhlich.

Robert stand auf, zögerte – und schaute nochmal zum Beifahrersitz.

Da saß wirklich eine Frau. Blond. Nicht Siggi.
Also keine Halluzination.

Robert sah den Rücksitz.
Otto-Territorium.
Eine Mischung aus Matsch, Hundefell, Leckerli-
Krümeln und einem unbestimmbaren Geruch, den
man mit „naturbelassen" noch höflich beschrieb.

Er stieg trotzdem ein – mit einem innerlichen
Fluch und einem leichten Anflug von Scham, dass
jemand Fremdes dieses Fahrzeuginferno
miterleben musste.

„Stefan, wenn du mein Auto schon benutzt,
könntest du es wenigstens sauber halten.",
brummte er, während er sich halb auf einem
zusammengeknautschten Kauknochen niederließ.

Stefan grinste nur.
Robert schloss die Tür – und warf dann einen
neugierigen Blick nach vorn.

Die Blonde auf dem Beifahrersitz war jung,
aufmerksam, selbstbewusst.
Sie drehte sich halb zu ihm um, musterte ihn mit
einem kurzen, prüfenden Blick.

Robert starrte.
Nicht aus Unhöflichkeit.
Aus purer, ungläubiger Verwunderung.

„Und wer zum Teufel bist du?“, wollte er gerade
fragen.

Aber Stefan kam ihm zuvor.
„Robert, das ist Linda. Die Polizistin.“

Eine Bulette?
Ernsthaft?

Das war Roberts erster Gedanke, als er Linda noch
einmal musterte.
Blond, jung, Polizistin – und jetzt auf dem
Beifahrersitz seines Volvos.

Nicht als Zufall.
Nicht als Zeugin.
Sondern als… was? Neue Verbündete?

Er wollte gerade eine spitze Bemerkung loslassen,
als Stefan ihm zuvorkam.

„Sie hatte mir bei Nobbi doch ihre Nummer
gegeben“, begann er, als wäre das das Natürlichste
der Welt.
„Und nachdem du gestern nicht ansprechbar warst
– also mehr Zombie als Mensch – hab ich sie
einfach spontan angerufen. Wir haben uns am
Bollwerk getroffen. Elchburger Bier.“

Robert starrte ihn an.
„Du hast ein Date mit einer Beamtin organisiert,
während ich versuchte, aus Schachtelnummern und

Bernsteinresten eine Verschwörung zu rekonstruieren?“

„Es war kein Date. Es war… strategische Kontaktpflege.“

Linda drehte sich halb um, schmunzelte.

Stefan fuhr fort, sichtlich zufrieden mit sich: „Außerdem hat sie ein paar interessante Details, die dir unser lieber KK Mike bestimmt nicht erzählen würde. Über Nobbi. Und dessen… sagen wir: nicht ganz so zufällige Bekanntschaften.“

Robert zog die Augenbraue hoch.
„Jetzt wird’s spannend.“

Er schob den Sitz ein Stück zurück, zog einen zerknitterten Notizzettel aus der Jackentasche und sah Linda direkt an.

„Na dann, Frau Staatsmacht. Überraschen Sie mich.“

Linda räusperte sich leicht.
Sie sprach ruhig, klar – ganz die Beamtin, aber mit einem Unterton, der zeigte, dass sie genau wusste, dass das hier nicht dienstlich war.

„Also… was ich dir gestern gesagt habe, Stefan, ist noch nicht offiziell. Aber da ihr sowieso schon halb drin hängt...“

Robert nickte.
Er zündete sich eine Zigarette an und winkte ab.
„Hier verlässt nichts den Volvo. Solange Otto
nicht redet und der sitzt in Wendemark."

Linda grinste kurz, dann wurde sie ernst.
„Bei der Durchsuchung von Nobbis Rechner hat
die Auswertung zwei ziemlich interessante Dinge
zutage gefördert:
Zwei Grundstückskäufe. Beide in Schönermark,
direkt am Bahnhof. Eins davon ein Waldstück, das
andere ein Acker.
Beides auf ihn angemeldet. Gekauft im letzten
halben Jahr. Bezahlt – in bar."

Robert runzelte die Stirn.
„Was will ein Mann, der sich sonst über
Hundesteuer aufregt, mit zwei Grundstücken
mitten in der Uckermark?"

„Gute Frage. KK Mike hat angekündigt, sich die
Dinger heute mal anzuschauen. Mit Kollegen."

„Wird bestimmt ein Riesenspaß für alle
Beteiligten", murmelte Robert.

„Und dann ist da noch das Handy." Linda zog ein
schmales Notizbuch hervor. „Die Auswertung läuft
noch, aber schon jetzt ist klar:
Tägliche Anrufe. Immer dieselbe Nummer. Immer
lang. Teilweise über 30 Minuten."

Robert ahnte, was jetzt kam.

Linda blätterte.
„Salambek. Der Name taucht im Verzeichnis auf.
Offiziell nicht auffällig. Kein Eintrag. Kein
deutscher Wohnsitz.
Aber: Nobbi ist letztes Jahr zweimal nach Grosny
geflogen. Beide Male nur für ein paar Tage.
Rückflug direkt, kein Anschlussziel. Kein
Tourismus, kein Vortrag, nichts."

Robert starrte aus dem Fenster.

„Und seine Konten?" fragte Stefan.

„Sauber wie frisch geschrubbt. Da ist kaum was
drauf. Nur ein paar hundert Euro von
Volkshochschulen, irgendwelche Honorare, zwei
Überweisungen für Buchverkäufe.
Reicht gerade mal für Strom, Kaffeepulver und
Internet."

Robert sog die Zigarette tief ein.
„Bargeld. Alles bar. Kein Konto, keine Spur.
Klassisch sauber gewaschen."

Er dachte einen Moment nach.

„Schönermark, Salambek, Grosny, Bernstein.
Wir haben kein Zufallsfundstück, sondern eine
verkappte Schaltstelle für irgendwas, das viel
größer ist als Nobbi."

Stefan steuerte den Volvo entschlossen in
Richtung Blumenhagen.
Die Straße zog sich wie ein graues Band durch
sattes Grün, Felder glänzten noch feucht vom
nächtlichen Regen, die Sonnenstrahlen wärmten
die Dächer der kleinen Höfe.

Robert, der gerade mit einem halboffenen
Notizbuch auf dem Schoß saß, sah vom Papier auf.
„Wo willst du hin?", fragte er, die Stimme scharf
wie sein Blick.

„Endlich meinen Pickup holen", sagte Stefan, als
wäre das der logischste Plan der Welt.
„Der steht seit Tagen da rum. Otto vermisst sein
Sabberrevier."

Robert schüttelte den Kopf, stopfte das Notizbuch
in die Jacke.
„Nein, nein. Nach Wendemark. Ich hab 'ne Idee."

Seine Stimme war leise, aber bestimmt.
Nicht laut – aber eben so, dass kein Widerspruch
Sinn ergab.

Linda, die die leicht autistischen Züge Roberts
noch nicht richtig einzuordnen wusste, sah fragend
zu Stefan.
„Was ist mit ihm?", schien ihr Blick zu sagen.

Doch Stefan zuckte nicht mal mit der Wimper.
Er drehte ohne Kommentar den Volvo auf einem
Feldweg.
Ganz ruhig.
Keine Widerrede. Kein Seufzen.

Das war halt Robert.

Linda schwieg.
Und irgendwann, während sie dem knarzenden
Wagen wieder in Richtung Wendemark folgten,
entschied sie sich offenbar, Roberts Art einfach
hinzunehmen wie das Wetter.

Sie lehnte sich zurück, ließ den Blick über die
Landschaft gleiten – über weite Felder,
Hügellinien am Horizont, verstreute Dörfer mit
windschiefen Zäunen.
Der Himmel war klar, die Luft warm.

Für einen Moment sagte niemand etwas.
Und vielleicht war genau das der Moment, in dem
sich aus einem seltsamen Trio eine echte
Gemeinschaft zu formen begann.

Kapitel 14

Kaffeekrieg und Paragrafen

Als der Volvo knarzend auf den Hof in Wendemark rollte, sprang Otto nach einer stürmischen Begrüßung wie ein Geschoss durch den Garten – und machte sich zielsicher auf den Weg zum Zaun.

Siggis Zaun, bis er Linda bemerkte.

Linda, die von dem plötzlichen Ansturm aus Fell und sabberndem Überschwang mehr als positiv überrascht war, kniete sich lachend hin und kraulte Otto hinter den Ohren.
„Du bist ja ein Prachtkerl", sagte sie – und Otto grunzte zustimmend.

Robert, der das ganze aus dem Augenwinkel beobachtete, hob seufzend die rechte Hand – den Mittelfinger demonstrativ Richtung Zaun gestreckt.
Fast wie auf ein Stichwort – fast magisch – erschien Siggi.

Aus dem Nichts.
Wie ein Spähposten auf der Suche nach moralischer Überlegenheit.

„Der Hund bellt nonstop! Hundehaufen überall!
Wieland, du Schwein!
Man sollte endlich die Polizei rufen!"

Stefan hatte es sich auf der Bank vor dem Haus
bequem gemacht, eine Zigarette in der Hand, das
Bein locker über das andere geschlagen.
Er beobachtete die Szene mit einer Mischung aus
Belustigung und Resignation.

Robert hingegen nahm nichts mehr wahr.
Er war längst durch die Haustür verschwunden,
direkt in seine Rumpelkammer, die er großspurig
„Büro" nannte.

In diesem Moment – völlig unaufgeregt – griff
Linda in ihre Jackentasche, zog ihren
Dienstausweis hervor und trat zwei Schritte näher
an den Zaun.

„Guten Tag, Frau...?"
„Müller!", fauchte Siggi.
„Frau Müller. Ich darf Sie darauf hinweisen, dass
eine Beleidigung nach § 185 StGB strafbar ist.
Und ich war gerade Zeugin, wie Sie Herrn
Wieland beschimpft haben.
Was genau ist denn eigentlich Ihr Problem?"

Siggi – für gewöhnlich unerschütterlich – wirkte
plötzlich wie festgetackert.
Sie starrte auf den Ausweis, dann auf Linda,

dann wieder zurück.
Ihre Lippen bewegten sich noch, aber der Ton war
verschwunden.

Dann drehte sie sich auf dem Absatz um und
verschwand ins Haus, wie eine Katze, der man in
den Napf gespuckt hatte.

Linda grinste.
Sie steckte den Ausweis zurück, richtete sich auf,
klopfte sich unsichtbaren Staub von der Jacke und
ging mit geschwellter Brust und einem
schelmischen Augenzwinkern an Stefan vorbei ins
Haus.

„Ich mach mal Kaffee.“

Linda und Stefan hatten es sich inzwischen mit
frischem Kaffee auf der Bank vor dem Haus
gemütlich gemacht – eng umschlungen, warm,
entspannt, irgendwie angekommen.

Otto, der die Szenerie mit der Weisheit eines alten
Feldherrn beobachtete, nutzte die Gelegenheit:
Er setzte sich in aller Ruhe direkt an Siggis Zaun
und legte dort – ohne Gebrüll, ohne Gegenwehr –
seinen Beitrag zur Düngung der Buchenhecke ab.

Linda lachte leise.
„So frei war er noch nie.“

In diesem Moment öffnete sich die Haustür.
Robert trat heraus, mit einem zerfledderten
Notizblock in der einen und einer Zigarette in der
anderen Hand.

Er blieb auf der Stufe stehen, betrachtete die
beiden mit hochgezogener Braue.

„Aha, also Polizeikontakte pflegen ist das neue
Synonym für Matratzensport mit der Staatsmacht",
feixte er.

Linda sah ihn ungerührt an, trank einen Schluck
Kaffee und sagte trocken:
„Was hast du rausgefunden, Wieland?"

Robert trat an die Bank, blätterte in seinem Block
und ließ sich mit dramatischer Geste auf den
Hocker gegenüber sinken.

„Also...", begann er und tippte mit dem
Kugelschreiber auf seine Notizen.
„Wir dachten, wir sollen Zeug aus der Bronzezeit
ausgraben, richtig?"

Beide nickten.

„Und was haben wir tatsächlich gefunden?"
Er sah sie an, hob die Braue.
„Armeeschrott. Aus dem Zweiten Weltkrieg.
Uniformreste, Erkennungsmarken, Helme,
Sprengkörper – aber keine Skelette."

Stefan runzelte die Stirn.
„Stimmt. Keine Knochen, kein Grab. Nur...
Kram.“

„Genau“, sagte Robert. „Und dann die Funde am
Wolletzsee.
Alles frühmittelalterlich. Bernstein, Gold,
filigraner Schmuck.
Kein Zusammenhang.
Das passt nicht zusammen.“

Er blies den Rauch langsam aus.
„Nobbi hat uns an der Nase herumgeführt.
Vielleicht nicht aus Böswilligkeit. Vielleicht sogar
aus Schutz. Aber er wusste genau, dass wir nicht
nach bronzezeitlichen Artefakten suchen sollten.“

Linda sah ihn aufmerksam an.
„Sondern...?“

Robert klappte den Block zu.
„Sondern nach etwas, das am Ende des Zweiten
Weltkriegs dort versteckt wurde.
Vielleicht von einem Trupp Wehrmachtssoldaten,
der im Rückzug war. Vielleicht was, das vergessen
werden sollte.“

„Beutekunst?“, warf Stefan ein.
„Die Russen im Nacken, ein Haufen gestohlener
Kram, also vergraben sie’s schnell irgendwo am
Ende der Welt?“

Robert nickte langsam.
„Oder sie sollten es nie ausliefern.
Und irgendjemand hat jetzt… Wind davon
bekommen.“

Er zog ein Blatt mit Satellitenaufnahmen hervor.
„Das Gelände in Blumenhagen – sieht nicht nach
bronzezeitlichen Strukturen aus.
Keine Hügelgräber, keine kreisförmigen
Formationen.
Eher wie... eine Stellung.
Oder ein ehemaliger Depotbereich.“

Linda lehnte sich zurück.
„Und Nobbi hat uns den Deckel draufgelegt – mit
’ner Story, die offiziell ungefährlich war.
Bronzezeit klingt nach Geschichte. Nicht nach
Risiko.“

Robert lächelte schmal.
„Und genau das war sein Fehler.“

Linda, die bis dahin still und aufmerksam zugehört
hatte, stellte mit gerunzelter Stirn die nächste
naheliegende Frage.

„Soll ich den Kampfmittelräumdienst informieren?
Wegen der Granaten in Blumenhagen? Die sollten
dringend geborgen werden.“

Robert lächelte trocken.
„Schon geschehen.“

Linda hob eine Braue.
„Wie bitte?“

Robert deutete mit der Zigarette in der Hand auf
Stefan.
„Nachdem unser Don Juan da vorne sie benutzt
hat, um mir das Leben zu retten, haben wir sie
sicher verstaut.“

„Sicher…?“
Linda sah Stefan an.

Der hob seelenruhig seine Kaffeetasse, nahm einen
Schluck und zeigte mit dem Finger Richtung
Garten.

„Da. Hinter der Regentonne. Da kommt Otto
schon nicht dran.“

Linda wurde schlagartig blass.
Sie stand halb auf, sah ungläubig zur Tonne, als
würde sie dort gleich eine rot blinkende LED
entdecken.

„Was. Genau. Ist in dieser Nacht passiert?!“

Stefan zuckte mit den Schultern.
„Nichts Dramatisches. Zwei bewaffnete
Osteuropäer, ein Überfall,

ein bisschen Improvisation, zwei Granaten in der Hand und ein bisschen Völkerverständigung durch Androhung körperlicher Nähe."

Robert nickte ernst.
„Und eine kurze, aber intensive Lehrstunde über den Aufbau von Wehrmachts-Kampfmitteln unter Berücksichtigung der Feldpostlage 1945."

Linda setzte sich wieder hin – langsam, mechanisch.
„Ich glaub, ich brauch auch 'nen Kaffee. Oder Schnaps."

Sie schüttelte den Kopf.
„Ich komm aus Frankfurt/Oder. Da dachte ich, ich kenn alles.
Aber was hier bei euch in der Uckermark abgeht… das ist wie ein Paralleluniversum."

Robert grinste.
„Willkommen in der Provinz. Hier ist nichts los. Außer wenn doch."
Er tippte mit dem Stift auf sein Notizbuch.

„Und jetzt... fahren wir nach Blumenhagen. Vielleicht liegt da nicht nur altes Eisen."

Kapitel 15

Spuren und Sticheleien

Das ungleiche Quartett stieg in den Volvo.

Robert musste sich die Rückbank mit Otto teilen,
der – angesichts der ungewohnten Enge – ebenso
wenig begeistert schien wie Robert selbst.
Der Hund rutschte demonstrativ zur Seite, als
wolle er sagen: „Hier ist mein Platz, Altpapier
gehört nach vorne."

Robert, beschwingt von seinem Denkdurchbruch
und der leisen Vorfreude, den Volvo bald wieder
ganz für sich zu haben, zückte sein Notizbuch.
Sauber und konzentriert begann er, alle Erlebnisse
und Erkenntnisse der letzten Tage zu ordnen.
Sorgfältig, logisch, mit journalistischer Präzision.

Das wird ein Text, den die Welt mit großer Freude
veröffentlichen wird, dachte er – und blinzelte
zufrieden in die grelle Sonne.

Als sie in Blumenhagen am Birkenhain ankamen,
fiel Lindas Blick sofort auf Stefans Pickup.
Ein fetter, roter Strafzettel prangte unter dem
Scheibenwischer.

Vergehen: Parken auf einer öffentlichen
Grünfläche.

Linda grinste.
„Wenn dieser staubige Seitenstreifen hier als
Grünfläche durchgeht, dann ist Brandenburg
offiziell verloren.“

„Immerhin nicht abgeschleppt“, murmelte Stefan.

Während Robert – gefolgt von Otto – in den Hain
verschwand, um die alten Grabungslöcher noch
einmal zu inspizieren, begutachtete Stefan gelassen
die vier zerstochenen Reifen seines Pickups.

Er zuckte mit den Schultern.
„Dann muss halt der Volvo wieder ran“, grinste er.
„Wenn ich schon Chauffeur spiele…“

Robert kniete sich an eines der Löcher.
Kein frischer Aushub. Keine neuen Spuren.
Nur das, was sie damals gefunden hatten:
Wehrmachtsreste, verrostet, still.
Keine neuen Erkenntnisse, aber auch nichts, was
seine Theorie erschütterte.

Als Stefan versuchte, seinen Pickup zu öffnen, fiel
ihm auf, dass der Schlüssel noch bei Robert zu
Hause lag – vergessen in jener chaotischen Nacht.
„Naja, egal. Erst mal neue Reifen besorgen.“

Bei Tageslicht fiel Robert nun etwas auf:
Wenn man querfeldein lief, konnte man Vierraden
in gut einer Stunde zu Fuß erreichen.
Nicht bequem – aber machbar.
Selbst für einen übergewichtigen Nobbi, wenn
Angst ihm Beine gemacht hatte.

Also hätte er es geschafft. Aber was dann?
Sind sie ihm gefolgt?

Robert wandte sich an Linda:
„Habt ihr eigentlich die Nachbarschaft in
Vierraden vernommen?"

Linda überlegte kurz, dann schüttelte sie den Kopf.
„Ich und meine Kollegin waren nur zur
Bewachung abgestellt. Sonst waren nur die von
der KTU da, die das Haus durchsucht haben."

Robert nickte langsam.
„Dann wird's Zeit, dass wir Nobbis Siggi finden.
Die wird einer charmanten Polizistin sicher gerne
Auskunft geben."
Er zwinkerte Linda zu.

Zurück am Volvo schwang sich Robert ohne
Zögern auf den Fahrersitz – und staunte nicht
schlecht, als Stefan auf dem Beifahrersitz Platz
nahm und Linda sich, ohne zu zögern auf die
Rückbank neben Otto quetschte.

„Alle vier platt", sagte Stefan Schulterzuckend, als sei das völlig normal.

Linda, die sich vorsichtig zwischen Krümel, Hundehaare und undefinierbaren Rückständen einsortierte, verzog das Gesicht.
Otto jedoch rekelte sich zufrieden und legte seinen Kopf direkt auf ihre Knie.
Ein deutliches „Willkommen im Team."

In Vierraden angekommen, stoppte Robert kurz am Ortseingang, um sicherzustellen, ob KK Mike oder jemand aus seiner Gurkentruppe sich dort ebenfalls herumtrieb.
Aber die Luft schien rein.

Er parkte den Volvo auf Nobbis Hof.
Linda griff sich ihren Dienstausweis und machte sich entschlossen auf den Weg in die Nachbarschaft – die unumgängliche Siggi dieser Straße aufzuspüren war nun ihr Auftrag.

Robert und Stefan sahen sich noch einmal gründlich auf dem Hof um.
Im Haus. Im Schuppen. Im Schrank unter der Spüle.
Insgeheim hofften sie, endlich die vermissten 450.000 Euro zu finden.
Oder wenigstens einen Hinweis, wo das Geld sein könnte.

Aber: nichts.
Kein Versteck, kein Safe, kein Zwischenboden.
Alles wirkte bereits durchkämmt – vermutlich von
der KTU.
Kein neuer Hinweis. Kein Fortschritt. Nur Leere.

Robert setzte sich auf den Holzstapel hinter dem
Haus, zündete sich eine Zigarette an und klappte
das Handy auf.
Er öffnete das Mail-Dossier, das ihm ein
befreundeter Journalist aus Berlin geschickt hatte –
über den ominösen Salambek.

Die Akte las sich wie eine Mischung aus Rambo
und Paten in Militärkleidung.

Geboren in Grosny

Veteran des Zweiten Tschetschenienkriegs (1999–
2009)

Extrem gläubig, streng nach sunnitischer
Auslegung

Affinität zu Statussymbolen: Gold, Bernstein,
Luxusuhren

Chef einer Sicherheitsfirma in Grosny

Ehemaliger Elitesoldat

Oberhaupt eines weit verzweigten Clans

Auf einem der beigefügten Fotos sah man
Salambek – mit einer goldenen Kalaschnikow am
Rücken und einem Set aus antikem Gold- und
Bernsteinschmuck vor sich auf dem Tisch.

Robert runzelte die Stirn.
Hatte Nobbi im Auftrag gehandelt? Für ihn
gesammelt? Und ihn dann – absichtlich oder
versehentlich – beschissen?

In diesem Moment kam Linda zurück.
Breit grinsend, den Block in der Hand.
Sie wirkte zufrieden – fast stolz.

„Ich hab Nobbis Siggi gefunden. Sie heißt
Waltraud, wohnt direkt gegenüber.“

Sie blätterte in ihrem Block.
„Sie hat sich herrlich darüber ausgelassen, dass es
ja wohl nicht sein könne, wenn hier mitten in der
Nacht große amerikanische Autos vorfahren und
irgendwelche Leute anfangen rumzubrüllen.
Schließlich wolle man ja schlafen.“

Robert hob eine Augenbraue.
„Also war das nicht das erste Mal?“

Linda nickte.
„Nee. Hat sie Nobbi auch mehrfach gesagt – als
dieser SUV schon früher mal sehr schnell und sehr
laut vorfuhr.“

Robert zog an der Zigarette.

„Spannend.

Das heißt, sie kannten sich. Die Typen und Nobbi.
Er wusste also ganz genau, was ihm blüht, als sie
im Hain aufgetaucht sind."

Kapitel 16

Struktur im Chaos

Zurück in Wendemark saß Robert am Küchentisch und sortierte seine Gedanken.
Zettel lagen verstreut vor ihm, sein Notizbuch war offen, mehrere Stifte daneben – alle angekaut, einer durchgebrochen.

Im Hintergrund hörte man Gelächter, Tellergeklapper und leise Musik aus dem Radio.

Stefan und Linda kochten.
Oder besser gesagt: Sie turtelten und kicherten, als wären sie zwei verliebte Teenager in einer kitschigen Vorabendserie.

Robert verzog das Gesicht.
„Nehmt euch doch bitte ein Zimmer", brummte er, sichtlich genervt von diesem pubertären Getue.

Beide grinsten verschmitzt – und machten genau so weiter wie zuvor.

Langsam nahm alles für Robert Struktur an.

Ein Clanchef mit Hang zum Luxus.

Nobbis geheime Schachteln mit Gold und Bernstein.

Ein Notizbuch mit Namen, Nummern und
Beträgen.

Ein System.
Eine Verbindung.
Aber: Warum wurde Nobbi dann kalt gemacht?

Warum kamen sie in den Hain, wenn er sie doch
offenbar regelmäßig beliefert hatte?
Man tötet doch nicht den, der einen versorgt –
besonders, wenn es gut läuft.

Stefan, der sich nun mit einem Teller in der Hand
zu Robert gesetzt hatte, musterte ihn.

„Wo bist du gerade mit deinen Gedanken?", fragte
er.

Robert blinzelte, sah kurz auf.

„Ich versuche herauszufinden, was das Motiv war.
Wir haben Schmuckstücke, verschlüsselte
Buchhaltung, Geld, Gold, Bernstein – und einen
Clanboss, der aussieht wie ein osmanischer
Warlord mit Geschmack.
Aber dann wird Nobbi ermordet. Warum?
Was hat sich geändert? Was lief aus dem Ruder?"

Stefan kaute bedächtig.
„War in den Kisten, die wir im Bunker gefunden
haben, nichts dabei, was irgendwie... besonders
war?"

Robert schüttelte den Kopf.
„Nicht dass ich wüsste. Die Schachteln waren das
Interessanteste. Aber...“
Er hielt inne.

„Die Munitionskisten!“, rief er plötzlich.
„Die haben wir noch gar nicht geöffnet!“

Er sah von einem zum anderen.
„Sagt mal – habt ihr in eurem Aufräumwahn hier
irgendwo einen Werkzeugkasten gefunden?“

Linda und Stefan sahen sich an.
Ein kurzer Blick, dann ein Nicken von Stefan.

„Keller. Ganz hinten. Neben dem kaputten
Wäscheständer.
Aber der rostet wahrscheinlich schon länger, als
ich lebe.“

Kapitel 17

Geld, Rost und andere Katastrophen

Lindas Augen wurden immer größer, je mehr Geld
zum Vorschein kam.

Robert und Stefan waren damit beschäftigt,
bündelweise gebrauchte Geldscheine aus den
geöffneten Munitionskisten zu kramen – alle
ordentlich gebunden, gestapelt, sauber geschichtet.

Es war kein frisches Bankgeld.
Die Scheine waren benutzt, teils abgegriffen, aber
gut erhalten.
Fünfziger, Hunderter, dazwischen vereinzelt auch
kleinere Scheine.
Ein typischer Bargeldberg – perfekt für Geschäfte,
bei denen das Finanzamt nichts mitbekommen
sollte.

Linda setzte sich mit Block und Stift daneben und
begann sofort, jedes Bündel einzeln zu zählen und
die Summen aufzuschreiben.
Ihr Blick schwankte irgendwo zwischen
Pflichtbewusstsein und Fassungslosigkeit.

Das Öffnen der Kisten selbst hatte sich als
Slapstick-Veranstaltung entpuppt.

Es war ein kleines Wunder, dass sie es überhaupt so weit gebracht hatten.

Zuerst hatte Robert fluchend den Werkzeugkoffer aus seinem modrigen Kriechkeller geholt – barfuß auf altem Estrich, durch Spinnweben und muffige Luft.

Oben angekommen, stellte er fest, dass alles verrostet war.
Jede Zange, jeder Schraubenzieher – nur noch Deko mit nostalgischem Charme.

Sie hatten sich dann mit viel Geschick und wenig Hoffnung daran gemacht, den Seitenschneider wieder funktionstüchtig zu machen.
Stefan, bewaffnet mit einem Tropfen WD-40 und einer Drahtbürste, erklärte trocken:
„Ich hab Leichen gesehen, die sahen besser aus als das Ding."

Mit dem rostigen, stumpfen Teil machten sie sich dann daran, die Drahtbindungen der Kisten zu knacken – eine Arbeit zwischen Bastelei und Improvisationstheater.

Otto hatte es sich nicht nehmen lassen, mehrfach neugierig die Nase in die Kisten zu stecken, sehr zum Leidwesen der beiden Bastler.
Immer wieder musste einer ihn sanft, aber bestimmt wegschieben.

„Otto! Raus da! Das ist Schwarzgeld, kein Hundefutter!", fluchte Robert irgendwann.

Doch der Labrador ließ sich nicht beirren.
Das Knistern der Plastikbänder, der Geruch von Holz, Schweiß und Metall – für ihn war es ein Abenteuerspielplatz.

Nach knapp einer Stunde war Linda fertig mit der Buchhaltung.
375.000 Euro – das amtliche Ergebnis der Bargeldinventur.

Sie klappte den Block zu, seufzte, und rieb sich die Stirn.

Robert, der auf der Fensterbank saß und ins Leere starrte, murmelte plötzlich, wie aus dem Nichts:
„Passt. Vierhundertfünfzigtausend minus die beiden Grundstücke... kommt ganz gut hin."

Stefan lehnte am Türrahmen.
„Und was machen wir jetzt mit der Kohle?"

Robert zuckte die Schultern.
„Erstmal sicher verstauen.
Und wenn Nobbi irgendwo Verwandte hat, die nicht völlig irre sind – denen das Ganze in die Hand drücken.
Ist ja nicht unser Geld.
Noch nicht mal Nobbis offiziell."

Linda und Stefan nickten. Beide sahen ziemlich durch aus – der Tag, das Geld, die Gefühle, die Kisten.

Nach einem letzten Espresso – den sie feierlich Erfolgsexpresso tauften – verabschiedeten sie sich.

Der Volvo rumpelte vom Hof, Linda am Steuer, Stefan auf dem Beifahrersitz, Otto bellte ihnen ein einziges Mal hinterher.

Robert blieb zurück.
Allein.
Mit Otto,
Zwei Granaten hinter der Regentonne,
375.000 Euro in bar
und genug Futter für seine Denkmühle, um sich tagelang einzuschließen.

Er legte sich aufs Sofa, den Laptop auf dem Schoß, Otto zu seinen Füßen.

Dann tippte er:
Beutekunst Zweiter Weltkrieg.

Die Suchergebnisse waren endlos.

Robert klickte sich durch.
Artikel, Studien, Polizeiberichte, Interviews mit Historikern.

„Millionenbeute aus dem Zweiten Weltkrieg –
Noch immer sind tausende Kunstwerke
verschwunden.“ (FAZ, 2019)

„Ein Keller in München: 1.280 Werke. Von
Chagall bis Matisse. Der Gurlitt-Fall erschütterte
die Kunstwelt.“ (Süddeutsche, 2014)

„In der Ukraine vermisst: Bernsteinzimmer-
Elemente – erneut Hinweise auf Verbleib in
Ostdeutschland.“ (Tagesspiegel, 2022)

Er las, dass allein in Deutschland nach dem Krieg
über 600.000 Werke als NS-Raubkunst
identifiziert wurden – davon zehntausende bis
heute verschwunden.

Er stieß auf ein Interview mit einem Ermittler des
BKA:

„Viele dieser Stücke wurden in den letzten
Kriegstagen schnell versteckt – in Bunkern, in
Klöstern, auf Bauernhöfen. Manchmal von
Soldaten, manchmal von Sammlern.
Das Problem: Viele der Verstecke sind nie
wiederentdeckt worden. Oder bewusst
verschwiegen.“

Ein anderer Bericht erwähnte:

„Immer wieder tauchen in osteuropäischen
Netzwerken Goldmünzen, Schmuckstücke und

Skulpturen auf, die eindeutig aus musealem Besitz
stammen."

Robert sog die Informationen auf.
Vielleicht war es gar kein archäologisches
Interesse, das Nobbi in den Hain geführt hatte.
Vielleicht war er einem Gerücht gefolgt.

Und vielleicht... war das alles noch viel größer, als
sie gedacht hatten.

„Ach, Nobbi...", murmelte Robert, während er den
Laptop zuklappte,
„wo hast du dich da nur rein manövriert...?"

Sein Blick blieb einen Moment am Bildschirm
hängen, der langsam dunkel wurde.
Dann lehnte er sich zurück, zog noch einmal an
seiner Zigarette – und blies den Rauch langsam zur
Decke.

Otto schnarchte längst unter dem Couchtisch.
Den Schlaf des Gerechten, ruhig, zufrieden, satt.

Durch das offene Fenster drangen die Geräusche
der Nacht:
Ein Käuzchen, das rief.
Der Wind, der leise durch die Bäume strich.
Ein Auto in weiter Ferne.

Und mitten in dieser Stille glitt Robert, versunken
in Gedanken über Nobbis osteuropäische
Verwicklungen,
langsam in den Schlaf.

Kapitel 18

Besuch mit Blaulicht

Robert wurde von lautem Klopfen und Rufen auf dem Hof geweckt.
Er schrak hoch, das Herz hämmerte.

9:30 Uhr.
„Wer zur Hölle...", murmelte er und wischte sich übers Gesicht.

Noch halb im Delirium tappte er durch den Flur – nicht jedoch, ohne mit geübtem Griff die Kaffeemaschine anzuschalten und sich eine Zigarette anzustecken.
Routine ging vor Sozialkompetenz.

Als er die Haustür öffnete, stand da – in voller Amtsanmaßung – KK Mike.
Daneben zwei Uniformierte, einer davon blond, jung, selbstbewusst – und sehr bekannt.

Robert blinzelte, erkannte die junge Polizistin, die einst Stefan am Zaun so freundlich angelächelt hatte.
Er hob die Augenbraue.

„Womit hab ich diese Ehre verdient?“, fragte er
zynisch.

„Wir müssen reden“, schnappte KK Mike in
seinem gewohnt patzigen Ton.

„Ja, gerne. Nehmen Sie schon mal Platz. Ich hol
nur schnell Kaffee.“

Als KK Mike sich an ihm vorbeischieben wollte –
offenbar auf direktem Kurs Richtung Küche – trat
Robert einen halben Schritt vor, die Hand an der
Tür.

„Bank. Draußen.
Die Sonne scheint, Mike. Vitamin D ist wichtig.
Außerdem... schöner Ausblick.“

Was er nicht erwähnte:
375.000 Euro in bar lagen auf seinem Küchentisch
– sortiert, gezählt, offen.
Und ihm fiel gerade keine Ausrede ein, die einem
Staatsanwalt auch nur entfernt glaubwürdig
erschienen wäre.

KK Mike grummelte, ließ sich aber auf die Bank
vor dem Haus sinken.
Hinter ihm bellte Otto einmal – vor Freude, als er
Linda erkannte.

Robert kam kurz darauf zurück – mit zwei Tassen
Kaffee.

Er reichte einen davon demonstrativ Linda.

„Tittenbonus", sagte er trocken, und setzte sich
unter KK Mikes entsetztem Blick neben ihn.

Die Polizistin zuckte nicht einmal.
Sie nahm die Tasse entgegen, trank einen Schluck
– und verzog keine Miene.

Otto, euphorisch über Lindas Rückkehr, sprang um
sie herum, schnupperte an ihren Schuhen, tänzelte
wie ein Welpe.
Dann – wie in alter Gewohnheit – trottete er
Richtung Siggis Zaun, die Ohren wach, die Rute
stolz erhoben.

„Wieland, wir müssen reden."
So eröffnete KK Mike das Gespräch.
Er hatte den Tonfall eines Mannes, der wusste,
dass er gleich mit etwas konfrontiert würde, das
ungemütlich werden konnte – für alle Beteiligten.

KK Mike setzte an.
Und wie.

Ein endloser Monolog über Nobbi, seine Kontakte,
seine Eigenheiten, seine Vergangenheit, seine
Vorträge, seine unklaren Bücherverkäufe.

Robert war raus.
Sein Kopf hatte sich längst ausgeklinkt – wie

immer, wenn sein Gehirn nur noch „Bla Bla"
vernahm.

Er hörte ein Rauschen. Er sah die Lippen sich
bewegen.
Aber es kam nichts an.

Erst, als KK Mike beiläufig die Durchsuchung der
Grundstücke in Schönermark erwähnte, wurde
Robert wieder hellhörig.

„Wieland, können Sie sich vorstellen, warum Ihr
Freund zwei Grundstücke gekauft hat, die als
munitionstechnisch belastet gelten?"

Robert hob die Augenbrauen.
Mike sprach weiter, nun im gewohnt
besserwisserischen Ton:

„Dort befand sich im Zweiten Weltkrieg ein
Nachschublager für die Ostfront. Laut alten Karten
– logistisch wichtig.
Aber aufgegeben, zerbombt, nie geräumt."

Robert gähnte fast, fragte aber beiläufig:
„Und? Haben Sie was gefunden?"

„Nein. Nichts.", sagte KK Mike, spürbar genervt.

„Und woher wissen Sie von dem
Nachschublager?", hakte Robert nach.

„Aus den Unterlagen der Kreisverwaltung.
Die haben alte Lagepläne der Wehrmacht.
Flurstücke, Eigentumsverhältnisse, Kriegsnutzung
– das volle Programm.“

Robert nickte langsam.

Mike setzte noch einmal an.
„Können Sie sich vorstellen, wo Ihr Kumpel die
75.000 Euro herhatte – für den Kauf der
Grundstücke?“

Robert stand bereits auf.
Er hatte den Punkt erreicht, an dem selbst für ihn
das Gespräch jede Sinnhaftigkeit verloren hatte.

„Keine Ahnung. Er war immer knapp bei Kasse.
Vielleicht hat ihm ein Verwandter was geliehen“,
murmelte er.

„Er hat keine lebenden Verwandten.
Das hat unsere Recherche ergeben“, sagte KK
Mike, nun hörbar resigniert.

Dann trollte er sich wortlos in Richtung
Streifenwagen.

Linda blieb noch kurz.
Sie reichte Robert mit einem Augenzwinkern die
leere Kaffeetasse zurück.

„Danke. War stark. Wie der Gastgeber.“

Robert sagte nichts – sein Blick war bereits wieder in Gedanken.

Dann verließen die drei Vertreter der Staatsmacht ohne ein weiteres Wort den Hof in Wendemark.

Später am Nachmittag rumpelte der alte Volvo wieder auf den Hof.
Stefan, am Steuer, diesmal in Begleitung von Linda in Zivil – Jeans, Jacke, Sonnenbrille. Fast hätte man sie für normale Menschen gehalten.

Stefan stieg aus, blieb auf halber Strecke stehen – und starrte.

Sein Blick wanderte über das, was man mit viel Gutem Willen Roberts Garten nennen konnte.

„Was ist denn hier passiert?!", fragte er mit einem Tonfall, der irgendwo zwischen positivem Entsetzen und echtem Staunen lag.

Robert, der auf der frisch freigelegten Terrasse saß – Zigarette in der Hand, Kaffee in der anderen –, grinste schief.

„Naja... nach dem Besuch der Staatsmacht heute Morgen, habe ich eine Anfrage an meine Quelle bei der Kreisverwaltung geschickt.
Und weil das ja bekanntlich immer dauert – und mein Kopf auch mal 'ne Auszeit braucht –, hab ich mir beim Nachbarn den Aufsitzmäher geliehen."

Stefan hob die Augenbraue.

„Und dann... bist du einfach durch den Garten
gefahren?"

Robert nickte.
„Stundenlang. Hab den Rasen befreit.
Mir war beinahe so, als hätte das halbe Dorf
applaudiert."

Linda lachte leise, während sie die Hecke
musterte, die zum ersten Mal seit wahrscheinlich
1998 wieder eine Form hatte.

„Ich weiß gar nicht, ob ich gerührter vom Anblick
oder mehr beeindruckt vom kulturellen Neuanfang
bin", sagte sie trocken.

Robert zog an seiner Zigarette.
„Das hier, meine Lieben, ist nicht einfach ein
Garten. Das ist Aufarbeitung.
Geistige wie gärtnerische."

Kapitel 19

Karten, Kisten, kleine Lügen

Auf dem Weg nach Blumenhagen – endlich den Pickup holen – machten Robert, Stefan, Linda und Otto einen kleinen Umweg über Heinersdorf, um dort in der Werkstatt vier neue Reifen mit Felgen abzuholen.

Während Stefan konzentriert fuhr, sinnierte Robert auf dem Rücksitz, Otto neben ihm zusammengerollt wie ein zufriedener Wollknäuel.

Er dachte an das, was KK Mike gesagt hatte:
Nobbi hatte keine Familie.
Aber... hatte er nicht mal erwähnt, dass er den neuen Detektor von seiner Schwester geschenkt bekommen habe?

War das eine Lüge?
Wie so vieles an diesem letzten gemeinsamen Tag?

Robert starrte aus dem Fenster.
Die Felder flogen vorbei, die Straße zog sich durch die sanfte Hügellandschaft – und seine Gedanken durch ein Netz aus Widersprüchen.

Ein anderes Detail war nicht zu übersehen:
Der Volvo war sauber.
Innen. Aufgeräumt. Keine Krümel, keine
Kippenreste, kein Sabberfilm.

Robert und Otto warfen sich kurze Blicke zu, als
könnten sie beide kaum glauben, dass sie sich im
selben Fahrzeug wie vor wenigen Tagen befanden.

„Stefan hat geputzt...", murmelte Robert.
Otto schnaubte – vielleicht zustimmend, vielleicht
einfach nur müde.

Dann klingelte Roberts Handy.

Er nahm ab – die Stimme einer Frau, geschätzt
Mitte fünfzig, klang aus dem Hörer.
Charmant, leicht ironisch, neugierig.

„Sag mal, Wieland – hängst du dich an jeden
Trend?
Die Karten, für die du dich interessiert hast – aus
Schönermark – wurden in den letzten Wochen sehr
häufig nachgefragt.
Aber die Karte von Blumenhagen? Nur einmal vor
sechs Monaten. Von Nobbi."

Robert wurde hellwach.
„Von wem genau wurden die Schönermark-Karten
angefordert?", fragte er.

„Na, von dir. Dann von KK Mike. Einmal von
einem gewissen Salambek, tschetschenischer
Staatsbürger. Und – wie gesagt – vor sechs
Monaten von Nobbi.
Blumenhagen? Nur von Nobbi. Und jetzt von dir.“

Robert starrte auf das Display.
Das war nicht nur spannend – das war hochbrisant.

„Hase, kannst du mir die Karten als PDF schicken?
Inoffiziell natürlich.“

„Na klar. Aber das kostet mindestens ein
Abendessen“, kam es schelmisch aus dem Hörer
zurück.

Robert grinste.
„Ein Abendessen bei deinem Lieblingsitaliener.
Versprochen.“

Stefan und Linda konnten sich ein Grinsen nicht
verkneifen.
Die kleine Charmeoffensive, mit der Robert seine
Quelle bei der Kreisverwaltung zum Reden – und
Versenden – gebracht hatte, war ihnen nicht
entgangen.

„Mein Gott, Wieland – du kannst ja ein kleiner
Romeo sein“, sagte Linda schelmisch.

Robert zuckte mit den Schultern.
„Ich habe nur gesagt, dass wir essen gehen – nicht
wann.“

Dann zog er an seiner Zigarette, lehnte sich
zurück.
Frauen waren ihm oft suspekt.
Klar – attraktiv, anregend, manchmal sogar
inspirierend.
Aber meistens auch anstrengend, fordernd und
zeitraubend.

Der Volvo bog rechts ab, ratterte auf den Feldweg
bei Blumenhagen.
Die bekannten Löcher des Birkenhains kamen in
Sicht – und Stefans Pickup.

Linda musste sich den Bauch halten vor Lachen,
als sie bemerkte, dass auch unter dem anderen
Scheibenwischer ein roter Zettel klemmte.

„Noch ’n Strafzettel...“, japste sie.
„Zwei für zwei. Das ist fast schon sportlich.“

Stefan, ganz trocken:
„Das Geld nehme ich mir aus Nobbis
Sparschwein. Spesen. Quasi.“

Otto, glücklich wie selten, sprang aus dem Wagen,
schnüffelte los, verschwand im Unterholz.
Er folgte den Spuren irgendwelcher Wildtiere, die

ihm offenbar wichtiger erschienen als Clans,
Karten oder Kriminalfälle.

Stefan machte sich derweil ans Werk:
Er holte Wagenheber, Montiereisen, begann in
stoischer Ruhe mit dem Reifenwechsel.

Robert und Linda hatten es sich derweil auf der
Motorhaube des Volvos gemütlich gemacht.
Zigaretten glühten, der Blick ging über den Hain,
das Land, die Szene.

Sie wirkten wie zwei Juroren einer skurrilen
Talentshow, die gleich ihre Beurteilung abgeben
würden.

Robert blinzelte in die Sonne.
„Nicht schlecht für jemanden, der den halben Tag
in Matschhosen durch einen Bunker robbt.“

Linda nickte.
„Er hat was von MacGyver. Nur ohne Haargel.“

Robert und Linda, die sich in den letzten Tagen als
loyales und wertvolles Mitglied des Teams
entpuppt hatte, gingen gerade noch einmal den
bisherigen Recherchestand durch.
Es passte mehr zusammen, als man zunächst
geglaubt hätte – und trotzdem blieb das große
Ganze unscharf.

Da unterbrach Stefan sie.

„Fertig!", rief er zufrieden und wischte sich die ölverschmierten Hände an der Hose ab.
Er warf das Werkzeug hinten auf den Pickup – ein lautes Klirren war zu hören.

„Ach, Kacke – die leeren Bierflaschen...", stöhnte er und griff nach der Plane, die sie beim Grabungsabend über die Ladefläche gelegt hatten.
Er wollte das Leergut einsammeln – doch dann hielt er inne.

„Ach schau an. Was haben wir denn da?", sagte er leise.

Er richtete sich auf, in der einen Hand ein älteres Mobiltelefon, in der anderen einen Klumpen aus Leinen, verknotet, schmutzig, feucht, aber kompakt.

Robert sprang auf.
„Hattet ihr nicht Nobbis Telefon ausgewertet?", fragte er direkt Linda.

Sie schüttelte den Kopf.
„Nein. Das haben wir nicht gefunden. Wir haben die Providerdaten angefordert und ausgewertet. Metadaten, Anruflisten. Aber das Gerät selbst war angeblich nicht auffindbar."

Robert starrte auf das Telefon.
„Dann hat er es versteckt. Oder weggeworfen.
Oder... vergessen?"

Er blickte auf den Leinenklumpen.
„Und was ist das da? Ein Lappen? Ein Beutel?"

Stefan kam mit beiden Funden herüber, setzte sich
neben die beiden auf die Motorhaube des Volvos.
Otto trottete in diesem Moment mit einem
abgerissenen Ast im Maul aus dem Wald und ließ
sich schnaufend davor nieder, als hätte er selbst
etwas Bedeutendes entdeckt.

„Also", sagte Stefan ruhig. „Das Handy
funktioniert noch. Zumindest geht's an. Akku halb
voll. Kein Code."

Robert und Linda sahen sich an.

Voller Verwunderung begannen sie, das
Leinenpaket auszupacken.
Der Stoff war fest, leicht speckig, sorgfältig
verschnürt – keine zufällige Wicklung, sondern
bewusst verpackt.

Als sie den letzten Knoten lösten, fiel das Tuch
auseinander und gab den Blick frei auf ein Objekt
von etwa Melonengröße.

Ein kunstvoll gearbeiteter Goldhelm, mit
emailleartiger Verzierung, teilweise beschädigt,

aber deutlich zu erkennen:
eine Kultmaske oder Paradehelm aus Skythenzeit
oder frühem Byzanz, reich verziert, mit Symbolik
aus Greif und Löwen.
Ein Gegenstand, der sofort wirkte wie aus einem
Museum – oder einem Raublager.

Robert sog hörbar die Luft ein.

„Das sieht... wertvoll aus. Und alt“, stutzte Stefan,
der sich kaum traute, das Objekt anzufassen.

Linda, inzwischen wieder ganz Polizistin, steckte
Nobbis Mobiltelefon entschlossen in die Tasche –
und sprang ohne ein weiteres Wort in den Pickup.

Robert, der den Helm noch immer mit beiden
Händen hielt, sah sie nicht einmal mehr gehen.

Sein Blick lag auf dem Fundstück, als sähe er nicht
nur ein Artefakt – sondern eine Antwort. Oder eine
Frage, die größer war als alles Bisherige.

„Ich muss denken“, sagte er nur.

Dann wandte er sich ab, öffnete die Tür des
Volvos, legte das Artefakt behutsam auf den
Beifahrersitz – als säße dort jemand, den man nicht
wecken durfte –
und pfiff Otto, der direkt auf die Rückbank sprang.

„Wir kommen nach!“, rief Stefan ihm noch
hinterher.
„Ich muss vorher kurz nach Hause. Ist wichtig!“

Aber das hatte Robert schon nicht mehr gehört.

Er rollte – ganz in Gedanken versunken – durch
die im Abendlicht schimmernde Uckermark.

Das Fundstück neben ihm.
Otto hinter ihm.
Und vor ihm: eine Geschichte, die zu groß war, um
sie nicht zu erzählen.

Kapitel 20

Gesprengte Routinen

Robert hatte den Helm und die anderen Funde aus Angermünde auf seinem Küchentisch aufgereiht – sorgfältig, mit Abstand, fast ehrfürchtig.
Als ob er hoffte, sie würden anfangen, zu ihm zu sprechen.
Oder sich gegenseitig erklären.

In der Hand hielt er seinen Block, auf dem er die wichtigsten Fakten notiert hatte:
Solche, die er brauchte, um Nobbis Mörder zu überführen,
und solche, die er für seine Story brauchte.

Doch irgendetwas fehlte.
Ein Bindeglied.
Der Knoten zwischen Nobbi, der wahrscheinlich zum ersten Mal in seinem Leben echtes Glück gehabt hatte,
und Salambek, diesem tschetschenischen Clanchef mit Goldfetisch und Vergangenheit.

Wie hatten sich ihre Wege gekreuzt?
Und warum war aus einem Fund ein Todesurteil geworden?

Mit einem Espresso in der einen und einer
Denkzigarette in der anderen Hand setzte sich
Robert auf die Bank vor dem Haus.
Die Sonne stand tief. Die Fliegen summten. Es war
einer dieser Abende, in denen man glauben könnte,
alles sei in Ordnung –
wenn man die letzten sieben Tage vergessen
konnte.

Otto, der sich gerade wohlig gestreckt hatte, setzte
Kurs auf Siggis Zaun –
mit einer Entschlossenheit, die Robert nur
bewundern konnte.

Und wie auf Stichwort kam, Siggi angeschossen.

Robert, geübt durch unzählige Wiederholungen,
begann automatisch, den Arm samt Mittelfinger zu
heben –
wie ein Reflex, eingebrannt über Jahre.

Siggi holte Luft –
bereit für eine ihrer wenig konstruktiven,
intellektuell anspruchslos gehaltenen Hasstiraden –
als plötzlich der Pickup mit Stefan am Steuer und
Linda auf dem Beifahrersitz auf den Hof bog.

Siggi hielt inne.

Atmete schlagartig wortlos aus.

Robert erschrak.
Das passte nicht.
Nicht zu ihr.
Das war, als würde im Theater plötzlich jemand
den Text vergessen – in Akt III, nach über 500
Aufführungen.

Linda stieg aus.
Und Siggi setzte ein Lächeln auf, das
schmerzhafter wirkte als ein Wespenstich im
Winter.

„Guten Abend, Frau Kommissarin", hauchte sie
gezwungen.

Robert war platt.
Linda grinste zufrieden.

Sie beugte sich zu Otto hinunter und lobte ihn
liebevoll:
„Guter Junge. Exzellente Zielwahl.
Biowaffenangriff mit Ansage – auf höchstem
Niveau."

Robert und Linda hatten es sich am Küchentisch
gemütlich gemacht.
Otto lag zufrieden zu ihren Füßen und schmatzte
leise vor sich hin – satt, entspannt, frei von allen
Sorgen, die die anderen gerade beschäftigten.

Linda griff in ihre Jackentasche, zog Nobbis Handy heraus und legte es kommentarlos auf den Tisch.

„Ich glaube, ich verstehe jetzt mehr", sagte sie und sah Robert mit einem kleinen Grinsen an.

Sie hatte das Gerät eingeschaltet, systematisch durchforstet und gezielt nach ungewöhnlicher Software gesucht.
Gefunden hatte sie eine Tracking-App, die im Hintergrund lief – unbemerkt, aber dauerhaft aktiv.

„Na klar...", murmelte Robert.
„Damit haben sie uns gefunden. Als sie Nobbi nicht mehr erreicht haben, sind sie hergekommen – ins Feld.
Und weil ich keine Ahnung hatte, was los ist, konnte ich ihnen auch nichts sagen.
Trotz ihrer körperlichen Überzeugungsversuche."

Er lehnte sich zurück, atmete tief durch.

„Und als sie Nobbi im Hain nicht antrafen, sind sie einfach nach Vierraden gefahren. Sie wussten ja, wo er wohnt – sie waren schon einmal da.
Und wir Deppen standen daneben und haben nichts gerafft, weil Nobbi uns nie eingeweiht hat."

Stille.

Dann sagte Robert leise:
„Was mir noch immer nicht klar ist: Wie kannten
die sich? Wie hat ein Provinzarchäologe Kontakt
zu einem Clanführer in Grosny?"

Linda schob ihm das Handy rüber.
„Ich hab den Tracker deaktiviert. Du liest schneller
als ich.
Durchsuch mal seine Social-Media-Konten.
Vielleicht ist da was."

Robert stöhnte hörbar.

„Social Media...
Ein Platz, wo jeder Volldepp, der im echten Leben
keinen Ton rauskriegt, mit Halbwahrheiten,
Aggressionen und Memes um sich wirft – verbaler
Fasching für Ahnungslosigkeit mit WLAN."

Im Hintergrund klimperte Stefan in der Küche.

Töpfe, Schubladen, Flaschen – alles machte Lärm.

„Was zur Hölle machst du da?!", rief Robert,
genervt.

„Naja", kam Stefans Stimme zurück, „da wir eh
jeden Abend hier sind und ich die Schnauze
gestrichen voll habe von deinem leeren
Kühlschrank, war ich schnell einkaufen."

Ein leises Ploppen war zu hören.
„Mit gutem Essen im Bauch denkt es sich besser“,
fügte er an – und öffnete eine Flasche Rotwein.

Linda lachte leise.
„Er ist schon süß“, sagte sie, lächelnd und ein
wenig verliebt.

Robert verdrehte demonstrativ die Augen,
schnappte sich – in Ermangelung eines
Rotweinglases – ein altes Senfglas, ließ sich damit
einschenken und verschwand mit Nobbis Handy
ins Wohnzimmer.

Beim Essen entspannte sich Robert zunehmend.
Er lehnte sich zurück, atmete durch – und begann,
zu erzählen.

„Also... ich hab mich ein bisschen durch Nobbis
Social-Media-Konten gequält.“

Er nahm einen Schluck Wein.

„Vor einem Jahr hat er ein Buch über Beutekunst
im Zweiten Weltkrieg gekauft.
Ich vermute, er wusste längst um die Bedeutung
der Region hier – Endphase des Krieges,
Rückzugsgebiet, verlassene Lager.
Durch seine Buddelei war ihm klar: hier liegt mehr
begraben als nur Munitionsrest.“

Linda nickte langsam.
„Und dann hat er angefangen, gezielt zu suchen?"

„Genau.
Er ist irgendwann auf die alten Karten vom Kreis
gestoßen – und das war wohl der Auslöser.
Danach war's wie ein Wahn."

Er schob seinen Teller zur Seite und zeigte auf sein
Notizbuch.

„In welchen Gruppen der Mitglied war, ist
unfassbar.
Hobbyarchäologen, Pseudo-Historiker, halblegale
Schatzsucher, Kriegsvermisstenforen...
Ein Sammelbecken für Leute mit Metallsonden
und Verschwörungsdrang."

„Er hat sich Screenshots gemacht von Texten über
Beutekunst, über versteckte Transporte, sogar über
angebliche SS-Fluchtwege.
Er hat alles gesammelt. Wahllos.
Und dann... war da noch ein Chat mit einem
Typen, dessen Name in Kyrillisch geschrieben ist.
Profil wirkt wie ein Fake. Keine Posts. Kaum
Freunde."

„Salambek?", fragte Linda leise.

Robert schüttelte den Kopf.

„Keine Ahnung.
Ich hab den Chat noch nicht gelesen. Mein Kopf
raucht von dem ganzen Mist, den die da in ihren
Foren verbreiten.
Ein Sammelsurium aus Halbwissen, wilder
Fantasie und rechter Folklore.“

Otto lag unter dem Tisch, kaute zufrieden auf
etwas, das nach einem alten Lappen roch.
Draußen dämmerte der Tag langsam aus.

Kapitel 21

Morgensonne und Morgenmut

Der Abend war traumhaft entspannt zu Ende gegangen.

Es hatte Geschichten gegeben – von früher, aus Roberts wilder Reporterzeit,
von Lindas Studium in Frankfurt
und Stefans Einsatz in Afghanistan als Panzergrenadier.

Kein Drama. Kein Druck. Kein überladener Plan. Nur Rotwein, Erinnerungen und dieses seltene Gefühl, dass man gerade im richtigen Moment mit den richtigen Menschen am richtigen Ort war.

Zum ersten Mal seit Tagen hatte Robert ruhig geschlafen.

Keine Grübeleien, keine nächtlichen Flashbacks, keine plötzlichen Erkenntnisse um drei Uhr morgens.
Einfach nur Schlaf.

Als er gegen acht Uhr aufwachte, spürte er nicht wie üblich die Summe all seiner Schmerzen – sondern etwas, das ihm fast fremd war:
Energie. Tatendrang.

Gut gelaunt stand er auf, begleitet von einem
freudig schwanzwedelnden Otto, der um ihn
herum hüpfte wie ein übermütiges Kind auf
Koffein.

Ein Druck auf den Knopf der Kaffeemaschine, ein
Griff zur guten-Morgen-Zigarette, ein tiefer
Atemzug.

Mit Becher und Glimmstängel in der Hand trat er
hinaus –
zu seinem Lieblingsplatz:
der Bank vor dem Haus,
die jeden Morgen als erstes von der Sonne geküsst
wurde.

Nebel waberte schwer und silbrig über die Felder.
Die Bäume glitzerten noch feucht, die Vögel
waren schon unterwegs.
Es war still – aber nicht leer.
Es war, als würde der Tag noch überlegen, was er
werden wollte.

Robert setzte sich, ließ sich zurücksinken, sah über
die Landschaft.

Für einen Moment fühlte sich alles richtig an.

Nach dem zweiten Kaffee und einem herrlich
leeren Kopf saß Robert noch immer auf seiner

Bank in der Morgensonne, als der Volvo in der
Einfahrt auftauchte.

Stefan schwang eine Tüte vom Supermarkt, aus
der der obere Teil einer Salami und zwei Dosen
Kaffee lugten,
Linda trug eine duftende Papiertüte mit frisch
gebackenen Brötchen im Arm.

Beide wirkten glücklich und entspannt, wie Leute,
die den Tag ohne jeden Druck beginnen dürfen.

Es war der perfekte Morgen.

Wenn da nicht das offene Rätsel um Nobbis Tod
gewesen wäre.

Drinnen in der Küche machten sie es sich um den
Tisch gemütlich.
Kaffeeduft, Butter, Marmelade, Zeit.

Aber dann: Brainstorming.

Während Linda sich mit Nobbis Handy zurückzog
und begann, den ominösen Chat mit dem
Tschetschenen zu durchforsten,
arbeiteten Robert und Stefan parallel an einem
Plan,
wie sie die Bande überführen und in die Hände der
Staatsgewalt übergeben könnten –
nur nicht an KK Mike.

Linda runzelte die Stirn.

Nobbi (19.03. 13:42):
"Ich weiß, wo etwas liegt, das euch interessieren
dürfte. Sehr alt. Sehr wertvoll.
Kein Schrott, echte Ware.
Beutekunst. Und nicht irgendein Kram – Gold.
Bernstein. Kultobjekt."

Kontakt (Kyrillisch: C.X.) (19.03. 14:01):
"Wieviel willst du?"

Nobbi (19.03. 14:06):
"Je nachdem, was du nimmst. Ich mach dir
Bilder."

C.X. (19.03. 14:10):
"Ich will ALLE Bilder. Heute. Preis für
kompletten Fund?"

Nobbi (19.03. 14:22):
"Komplett 250.000. Ich will Bargeld. Keine
Spielchen."

C.X. (19.03. 14:25):
"Geld bei Übergabe. Adresse?"

Nobbi (19.03. 14:30):
"Vierraden. Hinter dem Haus. Nachts. Keine
Polizei. Allein kommen."

„Wow", sagte Linda leise. „Damit kriegen wir sie.
Das ist ein Deal in Schriftform."

Robert nickte nur.

Linda schaute auf.
„Und... gebt ihr das KK Mike?"

„Nein. Niemals.", sagte Robert sofort.
„Das gönn ich ihm nicht."

Er stand auf, zog sein Handy aus der Tasche und
verschwand auf die Terrasse.

Nach einer Weile kam er zurück – mit einem
Gesichtsausdruck, den man als zufrieden
verschlagen bezeichnen konnte.

„Ich hab mit Staatsanwalt Schmidt aus Neuruppin
gesprochen.
Er ist offiziell für den Fall Nobbi zuständig – und
schuldet mir noch was."

„Wieso das?", fragte Linda.

Robert grinste.
„Ich hab ihm mal einen unliebsamen Kollegen
vom Hals geschafft, mit einer super Story über
einen transsexuellen Prostituierten im
Justizministerium.
War ein Klassiker. Er hat's mir nie vergessen."

Stefan lachte.

„Und? Spielt er mit?", fragte Linda.

„Ja. Wenn wir ihm die Verbindung zum Clan liefern, nimmt er das. Dann geht's an LKA und Zoll, und Mike darf sich weiter mit Falschparkern rumschlagen."

Nach einer Weile stand der Plan.

Robert und Stefan würden sich mit Nobbis Handy nach Vierraden begeben.
Die Hoffnung war klar:
Die Tschetschenen wollten den Helm – sie glaubten, er sei noch in Reichweite.
Und da sie ihn bislang immer über Trackingsoftware aufspürten – warum sollten sie es diesmal nicht wieder versuchen?

Linda arbeitete parallel an der Aufbereitung der Daten.
Sie filterte, kopierte, formatiere.
Alles so, dass es dem Staatsanwalt übergeben werden konnte –
aber ohne jedes Detail ihrer halblegalen Recherche preiszugeben.

Keine Rede von improvisierter Auswertung, fragwürdiger Software oder dem Fundort des Handys auf dem vollgekrümelten Pickup.

Sie wusste, wie man Beweise verpackt – sauber,
nachvollziehbar, rechtlich belastbar.

Staatsanwalt Schmidt hatte sich gemeldet –
zurückhaltend, aber interessiert.
Robert hatte ihm die Grundlinie erklärt:
Mobiles Gerät mit Chatverlauf.
Verbindung zu bekanntem Clanmitglied.
Ortungsgefahr.
Bereits ein Todesopfer.

Schmidt hatte zugehört, geschwiegen – und dann
versprochen, sich zu kümmern.

Nach Absprache mit dem LKA werde man die
Aktion aufsetzen.
Observation. Zugriff. Sicherstellung.

Mehr sagte er nicht.
Mehr brauchte er nicht zu sagen.

Alles, was blieb, war warten.
Und hoffen, dass der Köder schluckte – und das
Netz zur rechten Zeit zuging.

Kapitel 22

Wahrheit, Zeilen und Zynismus

Während Robert auf Einzelheiten zur geplanten
Aktion von Staatsanwalt Schmidt wartete, hatte er
sich zurückgezogen –
ins Wohnzimmer, an den Küchentisch, ans
Fenster, je nach Lichteinfall und Stimmung.

Er schrieb.
Endlich wieder.

An einem Artikel, der nicht nur spannend, sondern
wichtig war.
Eine Geschichte, die er einem der großen
deutschen Verlage anbieten wollte –
nicht für Ruhm, sondern aus Prinzip.

Schmidt hatte ihm mittlerweile einige weitere
Details zugespielt.
Offiziell natürlich nicht.
Aber Robert wusste, wie man mit halboffiziellen
Informationen umging:
Man speicherte sie doppelt, schrieb sie auf
analogem Papier – und veröffentlichte sie erst,
wenn niemand mehr bestreiten konnte, dass sie
wahr waren.

Die neuen Erkenntnisse warfen ein klares Licht auf
Salambek und dessen Strukturen.
Was Nobbi passiert war, hatte kein Zufall oder
Kontrollverlust verursacht.
Es war Teil eines Systems –
kalt, wirtschaftlich, effizient.

Dem LKA lagen Hinweise vor, dass Salambek in
ganz Europa ein Netzwerk aus Grabräubern und
Hobbyarchäologen unterhielt.
Er kaufte ihre Funde weit unter Wert – in bar, ohne
Spuren.
Und dann legalisierte er die Stücke, indem er sie
über seinen Schwager, den Direktor eines großen
Museums in Grosny, mit gefälschten
Herkunftsgutachten versah.

Mit Stempeln. Signaturen. Inventarnummern.
Alles wirkte glaubhaft – nur war nichts davon
wahr.

So verwandelte er Raubkunst, Grabbeigaben,
Kriegsbeute in offiziell katalogisierte Exponate –
und verkaufte sie weiter an Sammler im Nahen
Osten, in Asien, oder sogar an staatliche Museen,
die nichts wissen wollten, aber dafür gut zahlten.

Besonders interessiert war er offenbar an
Beutekunst aus der NS-Zeit.

Weil:
Die Wege, die diese Kunstgegenstände während
des Krieges genommen hatten,
waren heute nicht mehr nachvollziehbar.
Die Provenienzen zerstört, gefälscht, mehrfach
überschrieben.

Was früher einem jüdischen Sammler in Wien
gehört hatte, konnte heute als „Kauf 1943 durch
Wehrmachtsgeneral in Frankreich" deklariert sein
und keiner konnte es widerlegen.

Für Salambek:
Ein perfektes Geschäftsmodell.
Für Nobbi:
Ein Spiel mit dem Feuer, dessen Regeln er nie
ganz verstanden hatte.

Linda und Stefan hatten sich am Nachmittag
diskret, aber gründlich auf den von Nobbi
gekauften Grundstücken in Schönermark
umgesehen.

Mit einem von Nobbis Detektoren hatten sie den
Boden abgesucht – systematisch, pragmatisch, mit
einem Hauch Hoffnung.

Die Karten hatten ein altes Wehrmachtsdepot
ausgewiesen.
Und genau das fanden sie auch:

Kisten. Helme. Munitionsreste. Werkzeuge. Kabel.
Schrott.

Der typische Müll eines überhastet aufgegebenen
Standorts.

Aber keine Beutekunst.
Keine Kisten mit Gold.
Kein Artefakt.
Nur Vergangenheit.

Am Abend saßen sie wieder zusammen – ihr neues
kleines Ritual:
Gemeinsames Abendessen, gekocht von Chefkoch
Stefan, dessen Gerichte langsam so legendär
wurden wie seine trockenen Sprüche.

Es roch nach frischem Rosmarin, Knoblauch,
Fleisch vom Markt.

Bei Kerzenlicht und Rotwein sprachen sie –
nicht über Taktik oder Beweise,
sondern über ihre Träume.

Linda, inzwischen völlig aufgetaut, sagte mit
leuchtenden Augen:
„Jungs… ihr habt mir gezeigt, wie spannend es sein
kann, knifflige Probleme zu lösen.
Ich glaube, ich will zur Kripo wechseln.
Raus aus dem Streifenwagen. Rein ins echte
Denken.“

Sie grinste.
Und ihre Sprüche waren inzwischen mindestens
auf Stefan-Niveau.

Stefan, der mit der Pfanne balancierte, sagte
plötzlich nachdenklich:
„Ich träume von einem eigenen Restaurant.
Nichts Großes.
Aber ein Ort, wo man mit gutem Essen Menschen
glücklich macht.
Und sich nicht ständig mit Granaten, Kellerfunden
und Strafzetteln rumschlägt."

Unter dem Tisch rumpelte es.

Otto zuckte im Schlaf.
Die Pfoten zuckten, er schnaubte.
Der Speichel tropfte rhythmisch auf den
Fliesenboden.

„Bei dem Sabber träumt er vermutlich von Wurst
und Käse", stellte Robert trocken fest.

Nur Robert schien nicht zu träumen.

Er war zufrieden.
So, wie es war.

Er hatte Kaffee, Kippen, einen Fall – und eine
Story.

Mit einem Grinsen präsentierte er aus seinem Notizbuch mögliche Überschriften für seinen Artikel.

„Bronze? Bullshit. In der Uckermark liegt ganz anderes im Boden."

„Vom Detektor zum Desaster – wie ein Hobbyarchäologe die falschen Freunde fand"

„Beutekunst, Bunker, Bekenner: Eine Geschichte aus Brandenburg"

„Tschetschenen, Tresore, Tupperdosen – Spurensuche in der Provinz"

„Gold, Granaten, Grabungsglück – das tödliche Ende eines Schatzjägers"

„Kunsthandel mit Kalaschnikow: Wer bezahlt für das, was keiner besitzt?"

Linda lachte.
„Das letzte klingt wie 'ne Netflix-Doku."
„Wird's vielleicht auch", grinste Robert.

„Und wisst ihr was?", fragte Robert, während er sich genüsslich im Stuhl zurücklehnte.

Linda und Stefan schauten gleichzeitig auf – verdutzt, interessiert, leicht alarmiert.

„Nein...?", kam es im perfekten Kanon.

Robert grinste breit.
Ein Grinsen, das irgendwo zwischen Kind auf
Zucker und erzürnter Satiriker lag.

„Meinen alten Kollegen leg ich noch ein richtig
dickes Ei ins Nest.
Eine Sommerloch-Zeitungsente, wie sie im Buche
steht.“

Er kicherte fast, überschlug sich vor
Schadenfreude,
und wirkte für einen Moment wie ein
Zehnjähriger, der gerade plant, dem doofen
Nachbarn einen Klingelstreich zu spielen – mit
Honig, Wasserpistole und voll funktionierendem
Bewegungsmelder.

Dann wurde er wieder ernst.

„Morgen will Schmidt vorbeikommen“, sagte er zu
Linda.
„Vielleicht wäre es deiner Karriere zuträglich,
wenn du auch da bist.“

Linda sah überrascht auf – und dann stolz.
Echtes Vertrauen. Ausgerechnet von Robert
Wieland, dem Grantler, dem Eigenbrötler, dem
Menschenzweifler.

„Sehr gerne“, sagte sie mit geschwellter Brust und
einem fast schon gerührten Lächeln.

Stefan, der das Ganze beobachtete, legte kurz die
Gabel beiseite.
Er dachte nach.

Hab ich mich jetzt in Robert verliebt?
Nur in hübsch. Und mit Brüsten?

Es schüttelte ihn.

Aber als er Linda ansah, in ihre leuchtenden
Augen, ihr echtes Lächeln,
da wusste er:

Er hatte alles richtig gemacht.

Kapitel 23

Stille am Zaun

Die Uckermark zeigte sich an diesem Morgen von
ihrer typischen Seite:
Trocken, warm, weit – wunderschön.

Die perfekte Kulisse für Maler, Naturliebhaber
und… Krimiautoren.

Roberts Wecker klingelte um 7:30 Uhr.
Er drückte ihn mit einem geübten Griff weg,
stand auf, gähnte, kratzte sich am Kopf – und
begann,
was sich über Jahre eingebrannt hatte:

Kaffee

Kippe

Bank

Ottos unerschütterlicher Drang, am Zaun von Siggi
sein Statement zu hinterlassen

Und natürlich:
Der übliche Gruß mit dem internationalen Zeichen
für Völkerverständigung –
der erhobene Mittelfinger Richtung Zaun

Doch etwas passte nicht.

Dem symbolischen Mittelfinger war keine
Hasstirade vorausgegangen.

Keine „Wieland, Sie Schwein!“,
kein „Das ist jetzt der 73. Haufen in diesem
Monat!“,
nicht einmal ein verächtliches Schnauben.

Vor Schreck verschluckte sich Robert beinahe am
Kaffee.
Otto trottete wie immer Richtung Zaun –
ließ sich nieder, scharrte, erledigte das Übliche.

Aber kein Gezeter. Kein Klappern. Keine Siggi.

Ein Blick rüber.

Fensterläden: offen.
Garten: wie immer verwildert.
Wäscheleine: leer.

Aber keine Bewegung.
Keine Schrulle in Sicht.

Robert stutzte.
Er sah auf die Uhr.

Viertel vor acht.
Zu spät für Tod. Zu früh für Urlaub.

Siggi? Urlaub?
Unmöglich.
In 15 Jahren hatte sie nie mehr als eine Nacht lang
das Grundstück verlassen –
und dass nur wegen einer Darmspiegelung.

Er stellte den Kaffeebecher auf der Bank ab,
kniff die Augen zusammen,
blickte noch einmal zum Fenster.

Alles normal.
Und genau das war das Unnormale.

Stefans Pickup, der in diesem Moment auf den Hof
fuhr, riss Robert aus seinen Gedanken.

Doch am Steuer saß nicht Stefan.

Linda stieg aus – souverän, sonnenverblinzelt,
lässig.
Von Stefan: keine Spur.

„Du kannst Autofahren?!“, rief Robert ihr frech
und leicht provozierend entgegen.

Linda grinste.
„Stell dir vor: Ich kann sogar Motorrad fahren.
Und allein auf Bäume klettern. Total verrückt,
oder?“

Sie ging wie selbstverständlich ins Haus –
Otto im Schlepptau,

denn der hatte längst gelernt, dass die hübsche
Kommissarin in Sachen Käse und Zuneigung
deutlich großzügiger war als sein eigener Herr.

Seit Stefan regelmäßig einkaufte, befand sich im
Kühlschrank nicht nur Essen,
sondern sogar ausreichend Käse für
Bestechungszwecke.

Linda kehrte mit zwei dampfenden Tassen zurück,
setzte sich zu Robert auf die Bank
und legte die vorbereiteten Unterlagen für
Staatsanwalt Schmidt auf den Tisch.

Noch bevor sie anfangen konnten, fuhr ein
schwarzer Audi A8 mit getönten Scheiben und
diskreter Präsenz auf den Hof
und stellte sich ohne Zögern auf den Rasen.

Aus dem Wagen stieg zuerst Staatsanwalt
Schmidt:

Ende fünfzig

Grau-meliertes Haar

Glattrasiert

Maßanzug

Krawatte: perfekt gebunden

Ausdruck: ruhig, aber klar

Ein Mann, der sich selbst nie erklären musste –
weil sein Auftreten, das längst erledigte.

Neben ihm stieg ein zweiter Mann aus:

Mitte vierzig

Dunkle Haare

Gesicht: wie aus Stein gemeißelt

Körperhaltung: durchtrainiert

Sonnenbrille: Magnum-Edition, tiefsitzend, leicht
übertrieben

Der Typ sah aus wie jemand, der nicht fragte, ob er
eintreten durfte –
sondern direkt wusste, wo die Tür war, die man
aufbrechen musste.

Robert nahm einen letzten Schluck Kaffee, warf
Linda einen Blick zu und flüsterte:
„Wenn der nicht vom LKA ist, bin ich Prinzessin
Diana.“

Linda grinste.
„Und ich bin dann wohl dein Pferd.“

„Willkommen am Arsch der Welt, gleich rechts
oben“, begrüßte Robert die Neuankömmlinge mit
einem schiefen Grinsen,

die Hände in die Hüften gestemmt, Zigarette im
Mundwinkel.

„Kaffee?", fragte er knapp – nicht gastfreundlich,
eher dienstlich.

Schmidt nickte zustimmend.
Vom Gorilla im Designeranzug kam nichts. Kein
Nicken, kein Blinzeln – nur Präsenz.

„Ihre Kollegin hier von der PD Ost wird Sie kurz
informieren und Ihre Detailfragen beantworten",
sagte Robert auf dem Weg ins Haus,
und deutete mit dem Kopf auf Linda, die sichtlich
stolz, aber auch fokussiert die vorbereiteten
Unterlagen sortierte.

Otto, der mittlerweile ein echter Profi für
symbolische Auftritte war,
beschnüffelte in aller Ruhe den hochglanzpolierten
Audi A8.

Und dann, mit der Anmut eines Dackels im
Verteidigungsmodus,
hob er das Bein und markierte das linke Vorderrad
–

mit stoischer Selbstverständlichkeit.

Ein stiller Akt der Enteignung.

Robert, der die Szene aus dem Augenwinkel beobachtete,
musste sich das Lachen verkneifen.

„Walter Ulbricht wäre stolz auf diesen Hund."

Ganz in schönster sozialistischer Tradition
habe Otto gerade ein schönes und wertvolles Ding
des Landes Brandenburg
enteignet –
zugunsten der persönlichen Besitzverhältnisse.

Er nahm noch einen Schluck Kaffee und
murmelte:
„Sozialismus fängt am Unterboden an."

30 Minuten lang hatte sich Staatsanwalt Schmidt
in Ruhe die Ausführungen von Linda angehört.
Kein Wort zu viel, kein Räuspern, kein Blick auf
die Uhr.
Er hörte zu – mit echtem Interesse.

Dann legte er die Unterlagen beiseite, nickte
anerkennend.

„Hervorragende Recherchearbeit.", sagte er.
Nicht überschwänglich, aber aufrichtig.

Da schien auch beim Gorilla langsam wieder
Leben einzuziehen.

Er rückte seine Sonnenbrille auf den Kopf, klappte ein Tablet auf, und sah Linda an – dann Robert.

„Warum nicht mit der Kripo vor Ort?", fragte er. Kurz. Knapp. Emotionslos.

Robert reagierte im gleichen Ton.

„KK Mike."

Der Gorilla nickte.
„Ich verstehe."

Schmidt verließ für einen Moment die professionelle Fassade und brummte:

„Ein Grundschüler arbeitet professioneller als KK Mike.
Und mit weniger Eitelkeit."

Der Mann vom LKA öffnete eine digitale Karte von Vierraden, zoomte auf Nobbis Grundstück, hielt kurz inne und fragte:

„Nachbarschaft? Vegetation? Einsehbarkeit? Alternativzugänge?"

Robert, der das Gelände besser kannte als jeder Katasterplan, gab knappe, aber präzise Antworten.

„Hinter dem Haus: Hecke. Lücken.
Zugang möglich, unbeleuchtet.
Garten verwildert.
Fenster zur Straße mit Rollläden.
Rückseite nicht einsehbar, außer aus dem Haus
gegenüber."

Der LKA-Mann notierte stumm.
Ein kurzer, zufriedener Blick.

Dann meldete sich Linda.

„Darf ich fragen, warum so ein Aufwand?
Wegen ein paar Artefakten und einem Clan?
Ist das nicht... überdimensioniert?"

Schmidt sah zum Gorilla.
Ein kurzes Nicken – Zustimmung.

Dann übernahm Schmidt das Wort:

„Was Sie gefunden haben, ist nicht irgendein Clan-
Restposten.
Salambek ist nicht nur Sammler.
Er ist ein Netzwerker, ein Stratege und ein
Ideologe.
Seine Vergangenheit als Kämpfer und Elitesoldat
bereitet uns große Sorgen."

Er machte eine kurze Pause, dann:

„Laut Erkenntnissen des LKA besteht sein enger Kreis aus
ehemaligen Söldnern, Veteranen und Ex-KGB-Agenten.
Diszipliniert. Strukturiert. Gefährlich.“

Der LKA-Mann ergänzte, ohne aufzublicken:

„Sie alle eint drei Dinge:
Geldgier. Ihre tschetschenische Herkunft. Und eine radikale Auslegung des Islam, nach der wir

– Zitat –
‚Ungläubigen den Staub nicht wert sind, auf dem wir stehen.‘“

Stille.

Robert sog langsam an seiner Zigarette.
„Na dann. Klingt ja nach netten Gesprächspartnern.“

Nach einem Moment der Stille,
in dem nur das Rauschen des Windes in den Bäumen und das zufriedene Schnarchen von Otto zu hören war, brach Robert die Ruhe.

„Schmidt – unser Deal steht?“

Schmidt stand auf, trat einen Schritt näher, streckte ihm die Hand hin.
„Wie versprochen.

Sie liefern uns die Tschetschenen und die Beutekunst – im Gegenzug bekommen Sie die Story. Exklusiv."

Robert schlug ein.
Kein großes Ritual. Kein Lächeln. Nur Einverständnis.

Schmidt und der LKA-Gorilla waren bereits auf dem Weg zum Wagen, der Motor des Audi A8 summte leise, als Schmidt sich noch einmal unvermittelt umdrehte.

„Ist eigentlich das Geld aufgetaucht, das in den Notizen von Nobbi vermerkt ist?", fragte er beiläufig – aber mit diesem Ton, der nie wirklich beiläufig war.

Robert ließ sich seine Überraschung nicht anmerken.
Nicht ein Muskel bewegte sich.

Noch bevor er antworten konnte, sprang Linda professionell ein –
ruhig, klar, ohne zu zögern:

„Nein, Herr Staatsanwalt. Zum Verbleib des Geldes liegen uns derzeit keine Erkenntnisse vor."

Schmidt nickte knapp.
Keine weitere Frage.

Er stieg ein, der A8 rollte langsam vom Hof,
glitt lautlos die Schotterauffahrt hinunter –
und verschwand zwischen den Feldern der
Uckermark.

Kapitel 24

Zwischen Konsum und Kontrast

Robert, hochzufrieden mit dem Verlauf des Tages, brauchte dringend Nachschub – an Kaffee.
Und vor allem: Kippen.

Also stieg er in den Volvo, Otto auf dem Beifahrersitz, und machte sich auf den Weg zum Konsum in Passow.

Linda, noch ganz erfüllt von ihrer professionellen Zuarbeit für Staatsanwalt Schmidt und das LKA, war auf dem schnellsten Weg zu Stefan, um ihm alles zu berichten – und vermutlich nicht nur über Dienstliches zu sprechen.

Robert parkte den Volvo hinter dem Konsum, stieg aus, in Gedanken versunken, und grübelte darüber, wie er seinen alten Kollegen in der Redaktion mit dieser Nummer noch einen schönen Streich spielen konnte.

Kaum hatte er den Fuß über die Schwelle gesetzt, wurde er auch schon angeraunzt.

Irmgard, das inoffizielle Dorfarchiv mit
integrierter Meinungsabteilung,
stand hinter der Kasse und schaute ihn mit
schmalen Augen an.

„Na, Wieland – was hast du denn mit deiner
Nachbarin gemacht?“, fragte sie
mit einem Unterton, der irgendwo zwischen
Anschuldigung und Ankündigung klang.

„Wer, ich? Was soll ich gemacht haben?
Das Gleiche wie seit fünfzehn Jahren“, raunte er
zurück.
„Leben und sie ignorieren.“

Diese legendäre Spannung zwischen Robert und
Siggi war im Dorf so bekannt wie die Milchpreise,
ein fester Bestandteil der lokalen Kultur.

Schon vor Otto war zwischen den beiden nichts als
Frost.
Sie war zu neugierig. Zu direkt. Zu laut. Zu viel.
Und Robert war... Robert.

Irmgard legte eine Packung Toast zur Seite
und wurde plötzlich ernst.

„Sie hat im Bus zum Arzt einen Herzinfarkt
erlitten. Liegt jetzt im Krankenhaus.“

Robert schwieg.

Ein Moment lang.

Dann spürte er ein eigenartiges Ziehen.
Nichts Großes. Kein Drama.
Aber etwas Echtes.

Sorge.
Oder besser: Erschrockenes Mitgefühl.

Er war nicht kalt.
Nur... unbeteiligt.
Doch das hier war etwas anderes.

Er zahlte schweigend:
Zigaretten.
Kaffee.
Und einen Ring Fleischwurst für Otto.

Dann verließ er den Laden und ging langsam,
die Stirn in Falten, zurück zu seinem Wagen.

Zurück in Wendemark saß Robert im Garten,
den Kaffee in der einen, die Kippe in der anderen
Hand.
Die Nachmittagssonne stand golden über den
Feldern und der Wind trug den Geruch von
trockener Erde und blühendem Flieder.

Er starrte rüber zum Zaun.

Siggis Zaun.

Er erwischte sich bei einem furchtbar seltsamen
Gedanken:

„Hoffentlich wird sie wieder.“

Nicht laut.
Nicht mit Emotion.
Aber echt.

Als Stefan und Linda später am Nachmittag auf
den Hof in Wendemark einbogen,
trauten sie ihren Augen nicht.

Da standen tatsächlich ein paar Leute vom Dorf –
ältere Damen, ein Pärchen mit Hund, sogar
Irmgard mit einem Einkaufsbeutel –
alle am Zaun, alle starrten nach drüben.

Und dort –
dort stand Robert Wieland.

Mit einem Gartenschlauch in der Hand.
In Siggis Garten.
Goss die Blumen.
Und dann, als wäre das nicht schon surreal genug,
bespritzte er auch noch den frisch gemähten Rasen.

Linda blieb abrupt stehen.
Stefan auch.

Beide hielten eine Tüte mit Einkäufen in der Hand
–
und die Luft an.

„Sag mal, was ist denn hier los?", flüsterte Linda.

„Ich... ich weiß es nicht", stammelte Stefan.
„Aber ich glaube, ich seh gerade was... Heiliges."

Sie trugen die Einkäufe ins Haus –
aber konnten ihre Blicke nicht von diesem
wunderbaren, unfassbaren, fast magischen Bild
lösen:

Robert Wieland,
Zigarettenstummel im Mundwinkel,
leicht genervter Gesichtsausdruck –
aber der Schlauch fest in der Hand,
wie ein Gärtner wider Willen,
zwischen Ringelblumen und Geranien.

Als Robert, dicht gefolgt von Otto, das Haus
betrat, starrten ihn Linda und Stefan an,
als hätte er gerade im Clownskostüm einen
Opernabend unterbrochen.

„Siggi. Herzinfarkt. Krankenhaus. Keine weiteren
Fragen.", brummte Robert knapp,
während er sich an den beiden vorbeischob

und mit routinierter Präzision die Kaffeemaschine
bediente.

Nach einem doppelten Espresso –
eher intravenös als genossen –
setzte er sich zu den beiden an den Tisch,
drehte die Tasse, lehnte sich zurück,
und sah die beiden mit diesem speziellen Glitzern
in den Augen an.

„Sagt mal – war auf den Grundstücken in
Schönermark eigentlich viel los?
Menschen, Spaziergänger, Hobbysondler?“

Linda schüttelte den Kopf.
„Nein. Nichts. Nicht mal ein Jogger.“

„Da ist doch nix“, warf Stefan ein.

Robert grinste.

Dieses Grinsen, schräg, leicht übergriffig, definitiv
illegal.

„Ich hab doch noch einen diabolischen Plan in der
Schublade“, sagte er
und tippte sich mit dem Finger gegen die Stirn.
„Für meine Ex-Kollegen beim Blatt.
Sommerloch, ihr versteht.“

„Stefan, sind die Granaten noch hinter der
Regentonne?“

„Ja", sagte Stefan knapp.

„Perfekt. Jetzt brauch ich nur noch eine der kleineren Münzen aus Nobbis Fundus."

Linda sah ihn alarmiert an.
„Aus der Beutekunst?"

„Nein, nein. Irgendwas belangloses.
Irgendein Stück Bronze, das aussieht, als hätte es mal wichtig sein wollen."

Und dann als wäre er ein Drehbuchautor, der seine eigene Verschwörung zur Theateraufführung bringen will, weihte Robert sie ein.

Haarklein.

Sein Plan:
Eine Schein-Grabung,
eine inszenierte Entdeckung,
eine Granate zur Garnierung,
eine Bronzemünze
und ein anonymer Hinweis an die Redaktion,
dass man im ruhigen Schönermark auf einen möglichen NS-Kunstraubfund gestoßen sei.
Natürlich geheim.
Natürlich „unter Verschluss".
Natürlich mit Hinweis auf Behörden, die angeblich schon längst vor Ort seien.

Linda schüttelte den Kopf, grinste aber.
Stefan sagte nur: „Das wird eine Schlagzeile.
Und mindestens ein Redakteur mit
Bluthochdruck.“

Robert lehnte sich zurück.
„Sommerloch 2025.Lasst uns Geschichte
Schreiben.“

Kapitel 25

Der Köder liegt

Das LKA hatte sich bei Robert gemeldet.
Es war so weit.

Wie gewünscht, hatte er sich mit Stefan auf den
Weg nach Vierraden gemacht.
Im Gepäck: alle Originalbeweise, der unschätzbar
wertvolle Helm, sowie alles weitere, was sie aus
Nobbis Versteck in Angermünde geborgen hatten.

Sorgfältig und diskret versteckt unter der
Bodenklappe am Holzstapel hinter dem Haus.

Direkt daneben: das eingeschaltete Handy, dessen
Tracker Linda wieder aktiviert hatte –
dezent, anonym, aber eindeutig.

Nun hieß es: warten.

Robert, Linda und Stefan hatten es sich im zweiten
Stock von Nobbis Haus gemütlich gemacht –
so gemütlich, wie man es eben haben konnte,
wenn man auf bewaffnete Clankiller wartete.

Die Rollos: nicht ganz geschlossen, gerade so weit
geöffnet,
dass man hinausspähen konnte.

In den Straßen rundherum, hinter Hecken,
in einer offenen Garage, sowie in einem
zerfallenen Heuschober hatten sich mehrere
unauffällige schwarze Mercedes-Kleinbusse in
Stellung gebracht.

Alle besetzt mit schwer bewaffneten Beamten
einer Spezialeinheit zur Terrorbekämpfung.

Sie saßen ruhig.
Konzentriert.
Ruhig atmend, Finger nicht am Abzug, aber nah
dran.

Wenn die klopfen, hatte Robert trocken gesagt,
„kommen die nicht für Kaffee und Kuchen."

Die Sonne senkte sich langsam.
Ein Schatten legte sich über das Dorf.

Und irgendwo da draußen war ein Clan,
der seine Beute holen wollte.

Die Abendsonne tauchte selbst die aus reiner
Profitgier betriebenen, nicht unumstrittenen
Müllkippen von Vierraden in ein beinahe
romantisches Licht.

Als hätte selbst der Dreck beschlossen,
sich für einen Moment zu tarnen.

Die Zeit verging.
Langsam.
Zu langsam.

Zu viel Raum für Gedanken.
Für Zweifel.
Für Szenarien, die man nicht haben wollte.

Würden sie kommen?
Waren sie so gierig?
So sicher?
So gewaltbereit?

Oder waren sie längst hier – und schauten selbst
durch die Hecke?

Die Stunden zogen sich.

Stefan, der sich in einer Ecke des Raumes auf
einem alten Stuhl zusammengerollt hatte,
war über einem von Nobbis historischen Wälzern
eingeschlafen.
Die Seite:
„Rückzüge deutscher Versorgungseinheiten 1945“.

Ein passender Albtraum, wenn man wollte.

Dann – plötzlich: Scheinwerfer.

Linda und Robert saßen am Fenster.
Und nun waren sie wach.
Ganz wach.

Der Puls schoss hoch,
die Luft wurde dünner,
das Schweigen dichter.

Lindas Funkgerät knackte leise.

„Ein PKW hat den Hof betreten.
Ein weiterer blockiert die Einfahrt."

Dann Stille.

Auf dem Hof hielt ein SUV mit Berliner
Kennzeichen.

Vier Männer stiegen aus.

Schwarz gekleidet.
Kalaschnikows in der Hand.
Taktische Westen.

Die Bewegung war routiniert, nicht hektisch.
Keine Dilettanten.
Sie wussten, was sie taten.

„Sind das die Typen, die bei euch im Wald
waren?", flüsterte Linda.

Robert sah genau hin.
Kniff die Augen zusammen.

„Für mich sehen diese Extremisten alle gleich aus.
Schwarze Haare, Teppichfresse. Kann gut sein.
Statur passt."

Linda drückte die Taste am Funkgerät.

„Vier Männer auf dem Hof. Taktische Ausrüstung.
Kalaschnikows. Bestätigter SUV."

Kurzes Klicken.
Dann: „Verstanden. Abwarten."

Die Männer bewegten sich über den Hof,
als hätten sie diese Choreografie tausendfach
trainiert.

Kein Wort.
Keine Unsicherheit.
Nur präzise Bewegung.

Drei von ihnen sicherten die Umgebung –
der vierte arbeitete sich zielstrebig zum Holzstapel
vor.

Zwei bis drei Minuten vergingen.

Dann kamen sie zurück.

Einer trug den Köder – den Helm, sauber verpackt
in ein Tuch.
So, wie sie es erwartet hatten.

Sein Gesicht – soweit man es im fahlen Mondlicht
erkennen konnte – wirkte zufrieden.

Der Fahrer sprach etwas in ein Funkgerät,
während die anderen einstiegen.

Wortlos.
Kein Blick zurück.
Routine.

Der SUV startete, rollte langsam Richtung Straße.

Linda drückte aufs Funkgerät.

„Köder geschluckt. Ziel verlässt das Gelände.
Richtung Hauptstraße."

Ein kurzes Zögern.

Dann die Stimme des Einsatzleiters –
klar, entschlossen, ruhig:

„Fertig machen zum Zugriff."

Die Sekunden zogen sich wie Kaugummi.
Dann – mit einem Schlag – brach die Hölle los.

„ZUGRIFF!"

Der Ruf aus dem Funkgerät war kaum verklungen,
da explodierte die Straße vor dem Haus in grelles
Licht, quietschende Reifen, Gebrüll.

„POLIZEI! WAFFE WEG! AUF DEN BODEN!"

Schüsse.
Dumpf, schwer – 7,62 Kalaschnikow.
Dann hell, durchdringend – 5,56 NATO.

Zwei Explosionen – kurz, hart, schneidend.
Blendgranaten.

Ein Aufschrei.
Ein Schmerzensschrei.
Dann nur noch Kommandos,
brüllend, taktisch, mehrstimmig.

Vier Minuten.
Nicht länger.

Dann:
Stille.

Totenstille.

Nur das blaue Flackern der Einsatzfahrzeuge
zerriss die Dunkelheit über Vierraden.

Linda, gefolgt von Robert und dem sichtlich
wachen Stefan, verließ das Haus, langsam, ruhig,
aber mit schwerem Blick.

Sie gingen zur Straße.

Dort lagen zwei erschossene Tschetschenen,
die Waffen noch neben ihnen.
Körper im Gras.
Augen offen.

Überall:
Patronenhülsen.
Blut.
Zerstörung.

In einem Rettungswagen saß ein LKA-Beamter,
eine Schusswunde am Arm,

Gesicht schmerzverzerrt – aber lebendig.

Sanitäter arbeiteten schweigend.
Zwei weitere Clan-Mitglieder wurden
gefesselt, blutverschmiert und sichtlich benommen
in einen der Transporter geladen.

Niemand sprach.
Noch nicht.

Die Nacht hielt kurz den Atem an.
Und dann, ganz leise, sagte Robert:

„Ich hoffe, Otto hat das nicht verpasst."

Nachdem – wie erhofft – alle Tschetschenen tot
oder dingfest gemacht, alle Beweise sichergestellt
und in Vierraden wieder Ruhe eingekehrt war,

fuhren Robert, Otto, Linda und Stefan gemeinsam
zurück nach Wendemark.

An Schlaf war nicht zu denken.
Nicht nach so einem Abend.
Nicht nach so vielen Bildern. Geräuschen.
Gerüchen.
Nicht nach vier Minuten Krieg in der Uckermark.

Stefan sagte nichts – er tat das, was er am besten
konnte: Frühstück machen.

Linda setzte sich an den Küchentisch,
trank still ihren Kaffee, beobachtete Robert.

Otto schnarchte schon wieder, als wäre nichts
gewesen.
Seine Welt war einfach: Menschen in der Nähe,
Wurst im Napf, alles gut.

Robert saß am Laptop.
Mit freundlicher Genehmigung des LKA
hatte er während des Einsatzes im zweiten Stock
Fotos gemacht – aus dem Fenster, durch die
Jalousien, mit Zoom, Serienbildfunktion und
ruhiger Hand.

Jetzt wertete er sie aus.

Licht. Bewegung. Gesichter.
Eindeutig.

Szenen, die den Text nicht nur begleiteten –
sondern trugen.

Dann lehnte er sich zurück, zog den letzten Rest
des dritten Espressos in sich hinein und sah hinaus
auf den Sonnenaufgang über Wendemark.

Zufrieden.
Erschöpft.
Und voller Vorfreude.

Denn jetzt kam sein Teil.
Der Teil, in dem er erzählen durfte.
In dem die Wahrheit ihren Platz bekam.
Und die Welt erfahren würde, was in einem
kleinen Kaff mit einem alten Helm, zwei Granaten,
einem Hund und ein paar störrischen Menschen
wirklich passiert war.

Kapitel 26

Des Journalisten kleine Rache

Wie versprochen hatte Staatsanwalt Schmidt gegenüber Roberts alten Kollegen stillgeschwiegen.

Die Aktion in Vierraden?
Für Außenstehende: Gerüchte. Getuschel.
Ein paar verwackelte Handyvideos, auf denen man kaum mehr als dunkle Punkte und Lärm erkennen konnte.

Die Staatsanwaltschaft mauerte, mit Verweis auf eine laufende Ermittlung und "kein Kommentar zu operativen Maßnahmen".

Die Redaktionen saßen auf heißen Kohlen –
doch sie hatten nichts Greifbares.

Nur ein paar aufgeregte Rentner in Vierraden, ein Pärchen mit Hundeangst und ein unscharfes Video auf TikTok, bei dem man nicht wusste, ob es ein Einsatz oder ein nächtlicher Rasentrecker war.

Doch bevor Robert seine große Story verkaufen würde, kam das, worauf er sich Wochenlang insgeheim gefreut hatte:

Sein schelmisches Meisterstück.

Am Abend hatte er Linda und Stefan nach Schönermark bestellt.

Im Gepäck: Zwei alte Wehrmachtsgranaten – leicht angerostet, aber eindrucksvoll.

Eine wertlose Bronzemünze, die auf Nobbis Schreibtisch gelegen hatte.
Wahrscheinlich römisch. Wahrscheinlich billig.

Robert buddelte ein kleines, sauber platziertes Sandloch
an einem versteckten, aber glaubhaften Ort.

Dort platzierte er die Granaten, richtete sie in Pose, fotografierte sie mit dramatischem Schattenfall.

Daneben: die Münze, halb im Sand steckend – ganz wie man sich das als Leser wünscht.

Linda schickte die Bilder der Granaten an die zuständigen Behörden für Kampfmittelbeseitigung, mit der bitten um schnelle Bergung unter Angabe des Fundorts.

„Private Grabung. Hatten zufällig einen Detektor dabei. Bitte diskret."

Als wenig später ein Transporter mit Absperrband, Blaulicht und zwei uniformierten Sprengmeistern auftauchte, knipste Robert schnell ein paar schlechte Handybilder.

Unschärfe.
Falscher Fokus.
Dramatisch, aber sinnlos.

Perfekt.

Alles wurde anschließend in eine sauber verfasste E-Mail gepackt, verfasst unter falschem Namen, von einer frisch eingerichteten Proton-Mail-Adresse, und begleitet von einer an den Haaren herbeigezogenen Story:

„Uraltes NS-Lager?
Mögliche Verbindung zu bekannten Rückzugswegen?
Experten vor Ort. Sprengstoff gefunden.
Münze könnte Hinweis auf vergrabenes Raubgut sein."

Empfänger:
Roberts alte Redaktion.

Ein Klick.
Gesendet.

Dann drehte sich Robert um,
blickte zu Stefan und Linda
und sagte nur:

„So. Jetzt können sie was drucken.“

„So. Jetzt können wir warten, sitzen und
genießen.“, sagte Robert, voller Vorfreude,
die Kippe schon zwischen den Lippen, als er sich
auf einen Baumstumpf oberhalb des Grundstücks
setzte.

Neben ihm: Stefan mit Bier.
Linda mit Sonnenbrille und der Haltung einer
Polizistin auf Urlaub.

Keine 30 Minuten später:

Der erste rauschte an.
Kamera im Anschlag, Distanz null, Fragetechnik:
Vorschlaghammer.

Ein alter Kollege von Robert,
wie gewohnt aufdringlich, laut und mit dem
Feingefühl eines Presslufthammers auf Porzellan.

Die Kampfmittelbeseitiger waren völlig
überfahren.
Sie standen zwischen Flatterband, Granatenkiste

und Grabungshügel und sahen aus, als wüssten sie nicht, ob sie hier wirklich etwas entschärfen oder eher entschleunigen sollten.

Dann das große Finale:

Das Landesamt für Bodendenkmäler erschien auf der Bühne, drei Menschen mit ernsten Gesichtern, Klemmbrettern und hoher Stirnfaltdichte.

Gefolgt von einem Streifenwagen.
Und – natürlich – von KK Mike,
der noch immer so tat, als hätte er den Fall fest im Griff.
Oder wenigstens verstanden.

Robert hatte ihnen – damit das alles auch echt wirkte – den alten Wehrmachtslageplan und ein Foto der Münze per E-Mail geschickt – als „anonymer Hinweisgeber".

Mit dem Vermerk:

„Möglicherweise aktiver Raubgräber. Verbindung zu Rückzugswegen. Achtung: Sprengstoff."

Oben auf dem Hügel stießen die drei mit Bier an.

„Das ist besser als Fernsehen.", murmelte Linda.

„Reality Soap – Staffel 1: Der Fluch von Schönermark.", sagte Stefan.

Den ganzen Nachmittag beobachteten sie das
bunte Treiben: Interviews, Absperrbänder,
Drohnenbilder, Grabungen im Nichts.
Funkgespräche ohne Substanz.

Und dann kam tatsächlich:
Roberts ehemaliger Chefredakteur.

Er hatte sich – dem Geruch einer landesweiten
Story folgend – aus seinem Redaktionssessel
erhoben und in die Provinz gewagt.

Sonnenbrille. Halbschuhe. Dünne
Lederaktentasche.
Wirkte wie ein Feuilletonist beim Survivaltraining.

„Und alle tanzen nach unserem Drehbuch.",
grinste Robert.

Als der Abend hereinbrach, meldete sich ein alter
Bekannter: Hunger.

Die drei fuhren nach Wendemark zurück,
erschöpft, aber glücklich, und frönten ihrem neuen
Ritual: dem gemeinsamen Abendessen.

Stefan schnippelte.
Linda deckte den Tisch.
Otto sabberte in der Küche.
Robert saß auf der Bank,
das Handy in der Hand – grinsend.

Robert zückte sein Handy,
öffnete die Website seiner alten Zeitung

„Anonymer Hinweis auf Raubgräber führt zu
Großeinsatz" und „Heimatforscher alarmiert –
Landesamt prüft historische Bedeutung"

Er schnaubte.

„Was für Schnarchnasen. Alles schön
abgeschrieben – und nicht ein einziger merkt, dass
er verarscht wurde."

Dann – mit einer Mischung aus Genugtuung und
kindlicher Vorfreude – öffnete er den Mailentwurf,
setzte ein paar letzte Punkte, und drückte auf
„Senden".

Der Empfänger:
Springer Verlag.

Sie hatten alles geprüft.
Fotos. Quellen. Juristische Absicherung.
Und sie hatten Robert ein Top-Angebot gemacht.

Er hatte angenommen.
Weil es die größte Bühne war, die diese
Geschichte verdienen konnte.

Innerlich freute er sich schon auf die morgigen
Ausgaben seiner alten Zeitung – und der Welt.

Kapitel 27

Rückkehr und Rasenpflege

Robert hatte mehr als nur einen Text geschrieben.
Über Nobbi, den Clan, die Geldwäsche, die
Beutekunst und das, was niemand sehen wollte:
die stillen Verbindungen zwischen Geschichte,
Gier und Gewalt.

Die letzten Wochen waren wie im Flug vergangen.
Und Robert war wieder im Geschäft.
Nicht laut. Nicht auf dem Titelblatt. Aber
respektiert.

Sogar eine Talkshow-Einladung hatte er
bekommen – die er jedoch dankend abgelehnt
hatte.

„Das würde ja eh keiner senden, wenn ich ehrlich
sage, was ich denke.“

KK Mike hatte es erwischt.
Aufgrund seiner überragenden Nichtleistungen
war er versetzt worden – irgendwo ins Archiv,
wo er zwischen Aktenstaub und Statistikberichten
keinen weiteren Schaden mehr anrichten konnte.

Linda war stolz.
Zu Recht.

Auf Empfehlung der Staatsanwaltschaft und des
LKA war sie umgehend zur Kripo versetzt worden,
mit offiziellem Dank für ihre Mitarbeit und einer
neuen Dienstmarke.

An diesem warmen Spätsommertag saßen sie zu
dritt an Roberts Gartentisch.

Kaffee.
Kuchen.
Ruhe.

Dann – Otto sprang auf.

Schnüffelte. Spannte sich.
Und rannte Richtung Zaun.

Ein Taxi hielt.
Die Tür öffnete sich.

Siggi.

Noch etwas gebrechlich, aber ganz die Alte.
Rüstig, steif im Schritt, der Blick gewohnt
verächtlich.

Sie warf Robert einen Blick zu, der irgendwo
zwischen „Ich weiß genau, dass du Mist gebaut
hast“ und „Ich kann dich immer noch nicht leiden“
lag.

„Brauchst mir nicht zu danken – alles gut!“,
rief Robert, ohne aufzustehen.

Siggi ging ein paar Schritte auf ihr Haus zu –
und erstarrte.

Sie stockte.
Fasste sich ans Herz.
Dann ans Geländer.

Der Garten wa… gepflegt.

Blumen blühten.
Der Rasen war grün, satt, akkurat gestutzt.
Die Kanten gestochen.
Die Rabatten sauber.
Die Hecke geometrisch.

Für einen Moment wirkte Siggi, als könnte sie
jeden Moment erneut einen Infarkt bekommen –
diesmal vor Schock.

Robert ließ sich nichts anmerken.

Nicht, dass er in den letzten Wochen
jeden Abend mit dem Gartenschlauch unterwegs
gewesen war.

Nicht, dass er sich durch YouTube-Videos über Rasenpflege gequält hatte. Nicht, dass er mit Otto über Dünger diskutiert hatte.

Er nippte an seinem Kaffee und sagte leise, mehr zu sich als zu den anderen:

„Manche Schlachten gewinnt man leise. Mit dem Rasensprenger."

Sie saßen noch eine Weile im Garten, die Abendsonne streifte das Feld, und die Stimmung war gelöst – endlich.

„Was war eigentlich dein Highlight, Stefan?", fragte Linda und nippte an ihrem Kaffee.

Stefan lehnte sich zurück.
„Ganz klar – der Moment, als Robert den LKA-Gorilla für Prinzessin Diana gehalten hat. Unbezahlbar."

Linda lachte.
„Bei mir war's die Fake-Grabung. Diese ganze Provinz-Mediennummer. Ich hab selten so viel Spaß gehabt beim Zusehen."

Robert grinste.
„Mein Highlight?
Der Moment, in dem KK Mike realisiert hat, dass er jetzt für den Thermopapier-Vorrat in einem Archiv zuständig ist."

Dann wurde Robert plötzlich wieder ernst.

„Bevor ich's vergesse:
Dank der cumex-tauglichen Amnesie unserer
frisch gebackenen Kriminalkommissarin
haben wir – um genau zu sein –
375.000 Probleme im Körbchen von Otto."

Er tippte auf dem Handy herum, rechnete kurz.

„Durch drei wären das…
125.000 Euro pro Kopf. Unversteuert. In bar.
Im Hundebett."

Linda stellte ihre Tasse ab.
Schaute ihn an.

„Falsch. Du musst durch Zwei teilen.
Denn das kann ich nicht auch noch kaschieren."

Sie grinste.

„Aber… mein Freund darf mich gerne
zu einem sehr schönen Urlaub einladen."
Sie zwinkerte und streichelte Stefans Hand,
der etwas rot wurde – und dann sagte sie:
„Na dann: Fünf Sterne, Meerblick, kein WLAN."
Pause.

„Und keine Granaten."

Otto grunzte im Schlaf –
vielleicht ein Ja.